味覚喪失

人は脳で食べている

元木伸一

Motoki Shinichi

風詠社

生涯でがんになる確率…男女共に2人に1人

5年後の相対生存率……男女合計で66・4%

※国立がん研究センター「2019年 がん統計予測」より

はじめに

ふたりにひとり。確率50％。
そんな現実とある日突然出会ったら、あなたはどうするだろう。
宣告された自分に納得する？ あるいは、納得しない？
例えばあなたが80歳を超えた年齢であれば、諦めもつくのかもしれない。
だが、まだ60歳を超えたばかりだとしたら…。

普段、健康診断や風邪をひいた時にしか病院に行かないごく普通の健康状態だった。そんな自分が、まさか「ふたりにひとり」になるとは思いもしなかった。

大きな病気や怪我もなく入院した経験もない人間が、ある日を境にがん患者となり、放射線治療を受け、抗がん剤投与のために初めて入院した。長年、テレビ番組制作の世界で健康情報番組のプロデューサーをしていた経験や知識が全く通用しないことを自らが体験した。全てがある意味新鮮で、かつ自分の体の変化に正直驚いた。抗がん剤投与が進んでいく過程で62kgあった体重は40kg台にまで落ちる。鏡に映るその姿はまるで投獄された捕虜のような体つきになっていく。目はくぼみ、筋肉はどんどん落ちていく。そんな日々変化する自分を客観的に観察し、自分自身の肉体の変化、特に味覚を失っていく過程を書き留めていった。

「残念ですが、悪性の腫瘍…がんです」

ＭＲＩの画像データを見ながら、担当医師はためらいがちにこう告げた。生まれて初めてのがん宣告。医師の言葉を冷静に聞いている自分がいた。

「ステージⅡとⅢの間、咽頭がんです」

私の首すじを両手で抱えるように触れながら言った。

「首の左側のリンパには既に転移が見られ、４㎝ほどの大きさになっています」

右側の首すじにも指で触診が行われる。

「右側のリンパには、しこりはないようです。ただ、転移している可能性があります。今回見つかった咽頭がんですが、手術はできない場所になります。放射線照射と抗がん剤投与を組み合わせていく治療を勧めたいと思います。もしこのまま時間があるのであれば、これからすぐにＰＥＴ検査をしてもらい他の部位にがんが転移してないかを調べたいのですが、いかがですか？」

断れるような提案ではなかった。予定していた午後のスケジュールなど問題外だった。

医師は私の動揺がどのくらいなのかを確かめるように私の顔をじっと見ながら、ゆっくりとした口調で続けた。

「ＰＥＴ検査の結果を見ながら、放射線の専門分野の先生とも相談し、最終の治療方法を決めていきたいと考えています」

その言葉はがんを宣告された私の頭の中に冷たく響いた。


ＰＥＴ検査のため、病院の地下にある検査室の前で小さな長椅子に一人座った。

「これからどうすればいいのだろう…」決して悲観的になっているわけではなかったが、今までに経験したことのない不安が心の中に湧き上がってくる。それは恐怖や絶望といったものではなく、もっと漠然とした感覚だった。「死」というものを意識しながら、理屈では理解できない目に見えない不安が自分自身を蝕んでいく…そんな感じだった。

「中へどうぞ」

検査を促す声が現実の扉を開く。

がんの転移を調べるＰＥＴ検査。初めて受診だった。検査結果次第では治療方法も変わると言われていた。
検査前に造影剤を血管に注射をされる。白色の大きな検査マシン。冷たい台の上で私は仰向けになった。しばらくするとモーターのうなるような音が聞こえ始める。私の体の隅々までを舐め尽くすかのようにマシンが動き回り始めた。じっと目を閉じている私の頭の中には、がん保険のコマーシャルのセリフが浮かんでくる。

「ふたりにひとり」

確率50％。単に2分1の確率で当たったのだ…。一人っきりの検査室で、耳障りな金属音だけが響いていた。

食べることは生きること。生きるとは食べること——
誰かが言っていた言葉を思い出す。口の中に入れた食べ物が、まるで砂を噛むような感

覚になった時、人は本当に食べることができなくなる。そのことをがんになった我が身をもって知った。「食事」の大切さは頭では十分理解していた。しかし、その意識とは逆に、味覚障害が進むにつれて「食べること」への興味や意欲はどんどん失われていった。そんな状況でも一生懸命に食べようと努力し続けた。ところが食べ物をひとさじ口に入れた瞬間、食べることを拒否する自分がいた。

放射線治療、抗がん剤の治療を進める中で、味覚障害になっていく自分を観察しながら、味覚障害者でなければ分からない感覚だからこそ美味しく食べられる方法はないかと考えた。様々な食材、和洋中の味付け、色々な調理方法、食材の組み合わせを試していく過程の中で、ある日「美味しい」と感じるものを偶然見つけると、私は無我夢中で食べる喜びを与えてくれた食べ物や味付け方法を日々記録していった。

確率50％で起こりうるがん疾患。35回の放射線治療を終えた今、私は伝えたい——たとえあなたががんと宣告されたとしても、「食べること」だけは絶対に諦めないでほしいと。

目次

味覚喪失

がん宣告前の人間ドック　～見逃されたがんの存在～

職業は、テレビ番組プロデューサー。

団塊の世代のすぐ下の世代に生まれ、物心ついた頃には一気に押し寄せてきたアメリカ文化のど真ん中にいた。コーラ、チョコレート、ジャム、バター、ハンバーグ…どれもが新鮮で、アメリカの味に魅了された。それらは日本食にはない舌の味覚細胞に強烈な刺激の記憶を埋め込んでいった。

アメリカ文化は食べ物だけではなかった。暮らしの中にもその波は押し寄せる。その代表がテレビだった。家に初めて木製の鎧をまとったテレビが来たのは幼稚園の頃。観音開きの扉を開くと、「どうだ」と言わんばかりに威圧的な姿が現れる。木の風格以上にそのボリューム感がテレビの存在感を際立たせていた。ブラウン管の両サイドにはスピーカーを従えた横長の姿。当然のようにテレビは家の中で一番敷居の高い座敷の上座に陣取った。そこは仏壇のある部屋よりも格上の客間。しかも上座。方角も一番いい場所だった。ドスンッと陣取ったテレビの前に私たち家族はきちんと正座をして、スイッチを入れる。

今までに経験したことのない世界が、目の前に飛び出してくる。驚きの世界がその箱の中に詰まっていた。テレビに夢中になったのは言うまでもない。今ならゲームを買ってもらった子供たちが四六時中ゲームばかりをしている感覚に近いのかもしれない。もちろんその頃のテレビは白黒だがテレビはまさに魔法の箱そのものだった。

そんな少年時代を過ごした自分が選んだ職業はテレビ番組の制作者。カタカナ用語のディレクター、プロデューサーという世界だ。私は報道番組、人物伝記、自然ドキュメンタリー、歴史探訪、生活バラエティ、健康番組に至るまで、様々なジャンルの番組を手がけた。

そして気が付けば60歳。第一線を引退し自然に囲まれた人口35万人ほどの地方都市へ暮らしの拠点を移した。とは言っても、新幹線を使えば2時間弱で東京へ行くことができるサテライト的都市である。新しい生活がそこから始まる…はずだった。

がんの宣告を受ける5ヶ月前。12月の北風の吹く寒い日。私は東京で受診までに半年以上もかかる人気の病院で人間ドックの結果を聞いていた。

「ガンマーＧＴＰの数値が高いようですが、お酒を控えるように努めてください」

事務的な口調でそう告げられた。その他、注意事項として言われたのが心臓の不整脈。

注意すべきことはそれが全てだった。

そして4月下旬。春の訪れを感じる日が続いていた。地方に引っ越して来て新しい街にも慣れ始めてきたそんなある日、体の異変に気付いた。

いつもとは何か違う。朝起きると、いつも以上に声がかすれている。口の奥に溜まっていた唾を吐き出すと、少し血が混じっていた。さらに、喉の奥に何かが詰まっている感じがする。それは今までにはなかった違和感だった。洗面台の鏡の前で口を大きく開けてみると、喉に突起物のようなものが見えた。懐中電灯を口に当てて、喉を注意深く観察する。明らかに突起物と分かるものが喉の一部にあった。異変は喉だけでなかった。鏡を前に首にそっと手を当ててみると、左側にしこりのようなものが感じられる。首の右側も触ったが特に異常はなく、左側だけにビー玉のような塊が出来ていた。即座に覚悟を決めた。

街の中心にある総合病院で診察を受けるためには指定を受ける個人医の紹介状が必要だった。引っ越して来てまだ間もない私は、数少ない知り合いを通じて、指定病院になっている個人病院を紹介してもらった。

病院のドアを開けると、玄関には子供の靴と女性用のサンダルが所狭しと並んでいる。午前中の時間は子供たち中心の診察時間だった。高齢者の方も何人かはいたが、子供たちの存在感の方が勝っていた。待合室には時折大きな泣き声が響いてくる。

「次の方、どうぞ」

診察室に入り症状を告げる。すぐさま鼻から内視鏡を入れられ、鼻腔から口腔内部をカメラで撮影される。カメラの進歩のおかげで検査機器は小型化されているので、痛みはほとんどない。診察はすぐに終わり、院長はカルテに向かって難しい用語を書き込んでいく。覗き込んでみると、病名や部位の状態が外国語で書かれていた。

「いつ頃から違和感を?」

「喉のかすれは今年に入ってから、4ヶ月前あたりからです。そのあと喉が少し詰まった感覚になって、気になり始めたのはひと月前頃からだった気がします」

「紹介状を書きますから、総合病院で精密検査されることをお勧めします」

「すぐに行ったほうがいいでしょうか?」

「できるなら、今日の午後にでも行かれたほうがいいでしょう」

「わかりました」

その言い方に、自分の置かれている状況があまりいいものではないと感じた。

「総合病院ではどのような検査をやることになるのでしょうか?」

「生体検査、CT、MRIをやって、良性か悪性かの判断を行っていきます。その結果で治療方法が決まると思います」

疑問がどんどん湧いてくる。矢継ぎ早に尋ねた。

「このような喉の病気は多いのでしょうか？」

「男性に多く、過去に喫煙した方の比率が高いと言えます。あなたも以前喫煙されていたんですよね？」

「はい。止めてから15年以上経ちますが…」

「ともかく検査を早めに受けたほうが安心できるでしょう。紹介状が出来るまで待合室にいてください」

医師は論理的にかつ的確に、現時点で考えられる可能性を飛躍することなく私に伝えてくれた。ただ、説明を聞けば聞くほど、悪性の腫瘍である可能性が高いような気がした。

これからどうなるのだろう…。子供の泣き声が響く待合室。大きな不安を抱えながら一人灰色の長椅子に座った。


小雨が降るその日の午後。紹介状を貰った私は、総合病院へと車を走らせる。

自分の治療のために総合病院を訪れるのは初めてのことだった。

向かった先はこの街の大型総合病院。ベッド数は８００以上。ドクターヘリも所有している。このような大型病院で受診の手続きをするのも初めての経験だった。どこへ行っていいのかさえ分からず、総合受付で耳鼻科の場所を教えてもらう。ようやく別のフロアにある耳鼻科へたどり着く。窓口では忙しそうに受付事務の女性たちが働いていた。紹介状をその一人へ渡し、診療の順番を待った。15分ほど経った頃、私の番号が点滅した。

診察室へ入る。3名の医師がいた。そのうち2人は別の患者を診療中で一番奥にいる若い医師の診察席が空いていた。私はその医師の診察席に通される。医師は紹介状に添えてあった外国語で記されている診断書を読んでいた。真剣な表情に変わるのが分かった。そして診察が始まる。

「では、口の中を見てみましょうか。大きく開けて、あ～と言ってください」

言われるままに従い目視検査を終える。次に生体検査が待っていた。喉の中に出来ている突起物の一部を検査用に切り取るというものだ。麻酔はしない。神経がない部分なので特別な痛みはないと言われたが、不安を感じずにはいられなかった。

「口を大きく開けてください」

「痛くありませんから、大丈夫ですよ…」

安心させるように言葉をかけながら、細長い器具を喉の奥へと入れていくのが分かった。

細胞を切り取るハサミというよりも、細胞を掴み取り、そのまま切り取るタイプのような器具だった。挿入されていく感覚がしたその瞬間、生体の一部の切除は終わった。喉から生温かいものが溢れ口一杯に広がる。真っ赤に染まったティッシュを口に当てながら、医師の説明を聞いた。

「生体検査へはすぐに回します。お時間があれば、今日これからすぐにCTとMRI検査も進めていきたいと思います。その結果によって最終診断をしたいと思います。今日はまだ大丈夫ですか?」

「はい、大丈夫です」

出直して来るなど悠長なことを言ってられない。

「では、しばらく待合室でお待ちください」

口元を押さえていた真っ赤なティッシュは、ドス黒い色に変化していた。ティッシュを新しいものに替え、看護師に促されて満員の待合室へ向かう。子供と高齢者が多いため、半数は付き添いの家族だ。一人長椅子に座って名前が呼ばれるのを待った。

頭の中に色々なことが湧き上がる。「人間ドックに行ったのは、いつだっただろう…」

昨年の12月末だったから、わずか5ヶ月前だ。半年も経っていない。東京でも高額な人間ドック専門の病院だった。設備は最新式の機器で充実していた。予約や治療システムは合理的で、効率優先のアメリカンスタイルの病院。そこで毎年必ず定期検診を行っていた。

年に1回の検査だからこそ、多少高くても自分の健康管理のためだ…。そう割り切っていた。もちろん評判もいい病院である。質の高い人間ドックだからこそ、検診結果を十分信用していた。基本的な検査項目以外にも、55歳以上の受診が推奨されている追加検査項目は全て申し込んだ。追加の検査料金だけでも10万円以上かかるが、年1回の自分の健康管理のため確実な結果が分かるなら、お金は無駄ではない…。そんな気持ちで検診を受けていた。胃の検査ではバリウムではなく胃カメラを選んでいた。胃カメラなら、胃以外の部分（カメラが通る喉から食道）も自動的に撮影される。もし、胃カメラが通過する喉や食道の箇所に少しでも異常や変化が見られるなら、その箇所の再検査、あるいは疑わしい箇所として要注意のアドバイスが行われるに違いないと思っていた。ところが、検査結果には特に異常は認められず、再検査が必要などという指摘も一切なかった。しかし、人間ドックから5ヶ月後。がんの可能性と直面している自分がいた。人間ドックの検査結果に過信は禁物だったのか…。

そんなことを振り返っているうちに、喉から流れ出ていた血は止まっていた。

悪性腫瘍とリンパへの転移

～首に膨らんだ4㎝のしこり～

1時間ほど待合室で待った。

初めて診察を受けた日であるにもかかわらず、その日の午後にはCTとMRIの検査をこれから行う。もし、これが東京だったら診察に訪れた当日に精密検査を手配してくれるだろうか…。大型総合病院の場合、その過密ぶりからしても絶対にあり得ない。どんな検査であっても予約には1週間以上かかるのが普通だ。地方都市で800以上ものベッド数を持つ総合病院として、この対応力と素早さは脱帽すべきものだった。

検査室へ案内される。CTとMRIは同じ検査室で行われる。検査前に、造影剤を体内に入れなくてはならなかった。造影剤とは撮影した映像にコントラストをつける検査薬のこと。造影剤により血管から臓器の状態が見えやすくなる。ただし、静脈に注入するため、副作用を起こす人もいると言われている。吐き気、嘔吐、蕁麻疹、血圧低下などをはじめ、検査後も数日間に渡って頭痛などの症状が起こることがあるという。そう説明を受けても検査自体が初めての経験なので、自分自身の副作用について判断できる訳もなく、すぐさま同意書にサインをする。

造影剤を注射されてすぐにCTとMRIを兼ねた大型の検査台に案内され、言われるまま台の上に乗って体を横たえた。

「それでは検査を始めます」

その声を合図に、大きな金属音がゆっくりと鳴り始める。しばらくするとドーナツのような形の検査機が体の周りを這い回る。やがてじんわりと体が熱くなってくる。そのことは検査前に説明されていた。造影剤がもたらす1つの症状らしい。

静脈に注射された造影剤は、6時間程度で腎臓を通過し尿から排出されるという。様々な病に対して開発される検査薬品は腎臓機能が正常に働いていることが使用条件だ。どの臓器もそれぞれ大切な役割を担っているが、腎臓は人体の水分を司る特別な機能を持っているのだと改めて気付かされる。70％は水分と言われる人間の体において腎臓の果たす役割は大きい。ただ、この検査まで腎臓が大きく関わっているとは知らなかった。仰向けの状態で目をつぶり金属音を聞いているうちに検査は終わった。全ての検査結果が分かるのは4日後だ。

駅前のスクランブル交差点。

帰宅時間なのだろう。急ぎ足の学生や会社員たちとすれ違う。春だというのに季節外れの冷たい風が吹いている。皆、両肩を薄手のコートでしっかりと固め、風に体が負けないよう前傾姿勢で歩いている。私は駅に向かう人たちとは反対方向にある自宅へ足を進めていた。ふと「ふたりにひとり」という言葉が頭の中に浮かぶ。

このスクランブル交差点にいる群衆の中に、がんを患っている人はいるのだろうか？もしかしたら私が唯一のがん患者なのだろうか…。いや私だけががんであるはずはない。がんは2人にひとりと言われている。つまり確率は2分の1。50％。統計上の割合が正しいのなら、がん患者がこの群衆の中に多数いてもおかしくはない。でも、この中にがん患者はどれだけいるのだろう…。すれ違う人たちは皆、健康そうに見える。この群衆の中でがんを患っているのは、私一人だけなのかもしれない…そう思った。

4日後、検査結果を聞くために病院へ向かった。医師は検査結果に目をやりながら私に告げた。

「結果は…」

少し途切れた後、私の顔を見上げ言葉を続ける。

「悪性でした」

悪性の腫瘍、咽頭がんであることが告げられた。

医師は私の動揺を確認しながら、ゆっくりと丁寧に病気の説明をし始める。モニターには検査の映像が映されていた。喉に出来た腫瘍はもちろん、首の左側のリンパへ転移している状態の説明が始まった。医師のそばで立っている看護師からも緊張感が伝わってくる。

「検査結果の説明をさせていただきます」

診察室に充満する重たい空気。医師はモニターに目をやりながら続ける。

「今日はお一人ですか？　どなたかご一緒に来られていますか？」

「私一人です」

一人で検査の結果を聞いて判断するという私の態度を確かめながら、医師はゆっくりと話し始めた。

「咽頭部に出来ているのは悪性の腫瘍で、ステージはⅡからⅢの間という状態です。ただ、幸いなこともあります。ヒトパピローマというウイルスが見つかっています。このウイルスがある場合、放射線治療がより有効に働き、効果が出ると考えられています。この点は良かったと言えます」

ヒトパピローマ。初めて聞くウイルスの名称だった。健康情報番組や新聞でもあまり注目されないが、ともかく放射線治療には効果があるらしい。

「首の左側のリンパですが、３～４㎝ほどの大きさになっています。リンパへの転移と考えられます。ご自身で触っても膨らんでいるのが分かる通り、リンパへの転移が左側に認められます」

確かに、自分で触ってみてもビー玉ほどの大きさの塊を感じることができた。

「右側のリンパにも転移している可能性があります。触って分かる大きさではないのですが、右側も放射線治療の対象と考えています」

私がどの程度動揺するのかをそれとなく観察しつつ、根拠となる画像を見せながら説明を続けた。

「小さいのではっきりとは言えませんが、画像では左右に転移している可能性がありますす」

転移。その言葉の重さは十分に理解できた。ともかく、ゆっくりしている場合ではないことだけは確かだった。「今後のことを聞かなくては…」そんな焦りのような感情が込み上げてくる。

「では、治療方法はどのように…」

「がんが見つかったのは喉のデリケートなところなので、手術ができる場所ではありません。治療は放射線と抗がん剤投与、いわゆる化学療法で対処していくことになります」

手術ができない場所。その言葉に驚いた。血液のがん以外は全て、手術でがんになっている部分を除去するものだと思っていた。しかし、私の場合はがんが見つかった箇所に多くの血管や神経が走っているため手術はできないという。では、手術をしなくても腫瘍を除去できるのだろうか？　果たして自分のがんは治るのだろうか？　次々と湧いてくる疑問を先生に投げかける。

「その化学治療をすると、どんな結果が出るのでしょうか？　例えば、腫れているリンパが小さくなるとか…、喉の腫瘍が小さくなるとか…」

本当はその答えを聞くのが怖かった。除去手術をしない治療では、完全に治るということはないのではないか…そう思えて仕方なかったからだ。

「腫瘍に対しても、転移しているリンパに対しても、改善は見られるはずです。手術を行わない化学治療で根治を目指すことはできます。具体的な期間は放射線治療を35回。その間に抗がん剤治療を3回行います。２つの方法を並行して行っていくことで、より効果的な治療を目指していきます」

若い医師は力強くしっかりと答えた。その言い方に好感を持った。そして、私は信じた。いや、信じたいと思った。主治医の力強い言葉が化学治療へ踏み出す勇気を与えてくれた。

「転移のこともあります。治療は早ければ早いほどいいでしょう。入院も今月の10日後からなら可能のようです。いかがですか？　10日後から治療を始められては？」

医師はいち早く入院が可能な日程を調べてくれていた。地方都市の総合病院の治療に対する対応の早さを改めて感じた。


がんと宣告された場合、ここで一度立ち止まって考えなくてはいけないことがある。それは「セカンドオピニオン」という考え方。別の専門医にも治療方法に対する意見を聞くという行為だ。がんに関するセカンドオピニオンは、各医療機関の医師たちが所属病院の垣根を超えて協力すると言われている。それは大変有り難いことだが、問題は、どの医師、医療機関を選べばいいのかという点だ。それによって、手続き方法や治療に対する時間的スケジュールも大いに関係してくる。

一般的な総合病院では、医師会も認めているスタンダードな治療方法を優先的に提案してくる。もし、その治療方法に対してセカンドオピニオンを聞くとしたら、その病院とは異なる治療方法を唱える医師や医療機関を選びたくなる。目指す治療方法が違うので、当然見解は異なる。その結果、スタンダードな治療方法と新しい考え方によるセカンドオピニオンの対立となる。では、どちらの方法を選ぶのか…。一般の知識しか持たない患者たちが、どうやって自分に合った治療方法を選ぶことができるのだろう…。治療を受ける体、命は1つしかないのだ。

　また、セカンドオピニオンを行うためには、別の病院でもう一度検査を行う必要も出てくる。その予約から結果を聞くまでにかかる時間を考えると、どんなに早くても10日から2週間は必要だろう。その時間的ロスもがん患者にとっては怖い。さらに、新しい治療方法の中には時間をかなり必要とするものや、費用が半端なく桁違いなものまである。となると、一般的にはどうあがいても手術や放射線、抗がん剤といったスタンダードな治療の組み合わせを選択することになる。

　街の本屋に立ち寄ると、過激なタイトルが付けられたがん治療に対する様々な書物が目に入ってくる。現在の治療方法を否定するそれらは、「最後の神頼み」的な印象がしてならない。スタンダードな治療ではダメかもしれないという患者の不安感をあおる「私はこれで治った！」というタイトルや、「この治療はこういう患者に効く！」というキャッチフレーズばかりで、実際に患者側へ治療方法が充分に確立できていないものばかりだからだ。

　結果、当然のように私は35回の放射線治療と抗がん剤投与という化学療法を選択する。頭の中には医師が語った「根治できる」という言葉が深く刻まれていた。それは私の主治医に対する「信頼」の証であると同時に、「切なる願い」でもあった。

悪性のがんと診断された後、私は待合室で待機していた。

「準備ができたので今から、放射線の治療室へ行ってください」

その声に促されるように、病院の別棟の地下にある放射線科へ一人向かった。窓もなく蛍光灯の青白い光だけに照らされた廊下を歩く。「これから自分はどうなっていくのだろう…」ふと考える。いや、考えようとしているだけで、答えなどは全く見つからない。考えることと自体を自分で拒否するかのように、頭の中はぼんやりとしていた。体だけが指示された通りに動く、ただ言われたことをするロボットのような自分がいた。


ところで、なぜ私はこの廊下の奥にある放射線科へ向かっているのか…。それは、これから先に予定されている放射線による治療を行うためには患者専用の顔面に被せるマスクを作る必要があるからだった。それはメッシュ状の繊維で出来た、まるでスパイダーマンのようなマスクだと事前に説明を受けていた。放射線治療の場合、体を固定してズレがないように放射線をピンポイントで照射しなければならないという。そのために、個人個人のサイズに合わせたオーダーメイドのマスクが必要となる。私の場合は喉と首のリンパ部分が照射ポイント。毎回、マスクを被って照射ポイントを合わせるというのだが、その位置が定まるまで5分ほどの時間を要するらしい。これは短いほうなのだと聞いた。喉や首は狙う箇所が見えるのであまり手間がかからないという。しかし、内臓の奥の臓器ががんになった場合は、照射対象になる正確な位置を定めるために毎回30～40分はかかるという。

一通りの採寸が済み、長い1日が終わった。総合病院に来てこのようなスピードで診断から治療の準備が進められるとは思いもよらなかった。同時に、がんを宣告された自分自身に実感が湧いていないというのが本音だった。

どんよりと曇った空の下。駐車場へと向かう足取りはとてつもなく重かった。

初めての放射線療法と抗がん剤投与へ向けて

喉に見つかった悪性腫瘍。医学的診断名は「扁平上皮癌」。ステージⅡとステージⅢの中間ステージ。ステージⅡの場合、5年後の生存率は80％と聞いた。私の場合、進行レベルがステージⅡとⅢの間であるから、生存率は70％、あるいはそれ以下か…。

来週から35回の放射線治療が始まる。治療期間中に7日間の入院を3回行い、その際に抗がん剤が投与される。入院の手続きは必要書類のマークシートに答え、サインをするだけで完了した。全てが素早く進められていく。スピード感ある現実に、気持ちが追いついていかない。がん患者でありながら、事実をうまく認識できないまま、現実から取り残されたもう一人の自分が迷路の中に佇んでいるような気がした。

7月1日。入院。

大きなスポーツバッグを肩に掛け、タクシーで一人病院へ向かう。平日の朝、通勤時間の道。東京のような渋滞はない。病院までは10分程度で到着するだろう。この距離感こそ、地方の医療機関のメリットでもある。

病院に到着。まず入院前の最後の手続きをする必要があった。午前9時前のロビー。既に30人ほどが待合室に座っている。入院手続きを自動受付機で行うと、あっと言う間に手続きは完了した。人員削減、効率化の流れが押し寄せている大型病院では、自動化はどんどん進み、待ち時間をより短縮する試みが積極的に導入されているようだった。

人生で初めての入院生活が始まる。希望を出していた通り、個室が用意されていた。看護師から簡単な説明を受け、入室。

窓から覗く空に目をやった。遠くに雲が急ぎ足で泳いでいる。空は時間の流れとともに変化するキャンバスのようだった。ベッドに仰向けになり天井を見上げる。何一つ変化しない白い天井が目の前に広がっていた。個室であっても扉の向こうの声は筒抜けになっている。それがかえって、孤独感を芽生えさせていった。

初めて受ける放射線治療のために、病院の隣にある別棟へ向かう。真っ白い壁が続く入口。無機質なデザインに胸の鼓動が高鳴るのが分かった。早速、出来上がっていたマスクを見せてもらうと、本当にスパイダーマンのような形をしている。

「お名前をフルネームで記入お願いします」

「はい」

「では、上半身裸になって、横になってください。入れ歯があれば外してくださいね」

言われるまま横になる。

「足を上げて…、台を置きますね」

足を台の上に載せる。

「マスクを被せます」

私専用のマスクを被ると、胸のあたりまでしっかりと固定された。

「肩も合わせて止めていきます」

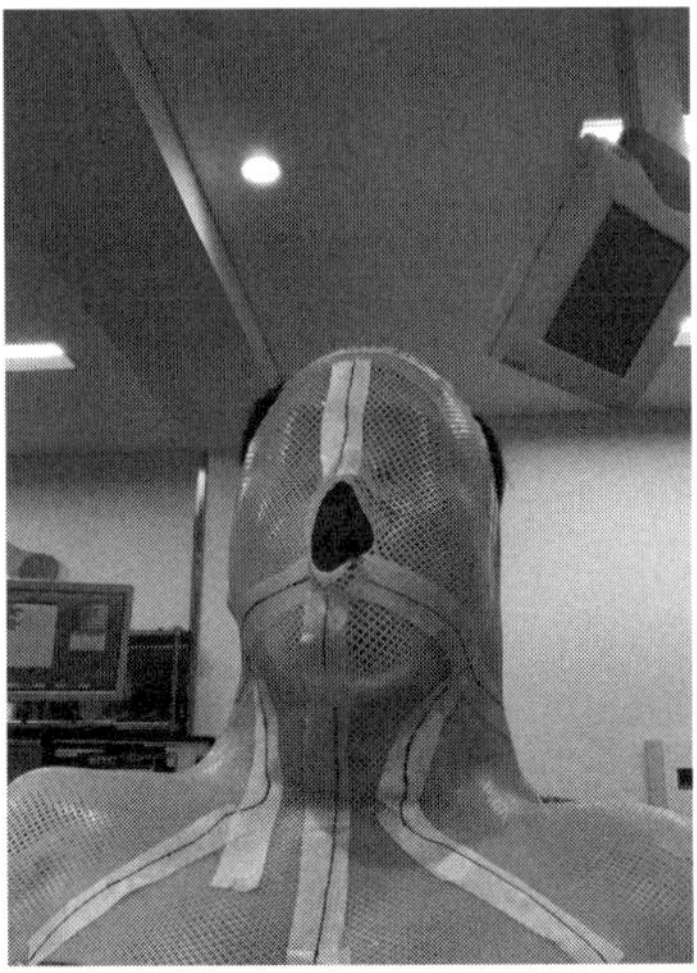
放射線治療の際に照射する場所を固定するため、個人個人に合わせて作ったマスク

カチッという音とともに肩のフックがロックされ、全く身動きが取れない状態になる。こうすることで確実なポイントへ放射線を当てるのだという。

放射線技師は固定した胸の中心にマジックで線を描いていく。3点計測なのだろうか…。首に照射する位置を正確に測定しながらマスクの位置を調整していった。マスクを被ったままの状態でずっと目を閉じていると、突然MRIと同じような金属音のノイズが響き始める。照射位置の最終確認作業だった。

治療開始までの準備が続く中、ドック、ドック、ドック…という音が頭の中に響いてくる。この音は一体どこから出ているのだろう…。顔中に張り巡らされている全神経に注意を払いながら、音の発信源を探っていった。もしかしたら…鼻の上? 音の発信源は、どうやらぴったりとマスクで押さえつけられている鼻のてっぺんからのようだった。顔の表面には多数の小さな毛細血管が走っている。顔全体をマスクで強く押さえられている状態で、顔の一番高い鼻へ集まってきている血液が振動しているようだった。鼻先に集まっている血液の流れは心臓の脈拍にシンクロしながらドック、ドックと重たい音を立てていた。

「では、始めますね」

放射線技師の声で目を開ける。目の間には網目状のものが被さっているため、よく見えない。放射線技師の声だけが治療室に響く。

「では、位置を確認します」

グ〜ンと唸るような音を立て、台が移動し始める。放射線を照射するポイントをマスクのXY軸の位置から正確に確認しているのだろう。

「位置を修正します。また、少し動きます」

台が上へ少しだけ移動する。

「確認が取れました。では、今から治療を開始していきます」

グ〜ン、グ〜ンという音を立てながら、治療が始まる。放射線を当てられている感触も痛みも全くない。喉の周りを照射しているはずだが、自分自身に治療の感覚がないまま放射線治療は3分ほどで終わった。

この放射線照射が15回以上続くと、口の中の痛み、口内炎、また、首の皮膚の火傷や痛みを伴ってくる可能性があるという。35回の治療スケジュールで、自分の体がどのように変化していくのか不安に感じながらも、わずか3分程度で終わる治療には正直ホッとした。

入院中、毎日行われる耳鼻科医師による診察の時間が来る。同じ病棟にいる入院中の患者は全員検診を受けなくてはならない。

廊下に並べられた椅子に座って順番を待った。座っているのは7人。年齢は私が一番若い気がした。点滴をしている方が3人いた。みんな貝のように口をつぐんでいる。その沈黙を破るように、隣にいた女性が私に語りかけてきた。

「どこがお悪いんですか?」

「あっ、私は、ここ。喉なんです」

喉の左側を差しながら答えた。

「私は鼻なんですよ。手術はされるんですか?」

「いや、今のところ手術はしない治療法になると言われていて…」

少し口ごもってしまった。

自分自身のこれからの治療について、十分に分かっていない自分にとまどった。

「ごめんなさいね。そんなこと伺ったりして」

女性は、再び自分の殻の中に閉じこもった。

廊下には、診断を待つ沈黙の列だけが並んでいた。

「次の方、どうぞ」

私の順番が来る。検診前に血圧と体温を計測し、血中の酸素濃度の検査が行われる。血中の酸素濃度の検査とは、爪にセンサーを当ててヘモグロビンと酸素の状態を見るというもの。検査に痛みは全くなく、人差し指を差し込むだけで数値が判明した。

「昨日行った血液検査の結果ですが、数値は良いので、明日から抗がん剤の投与を予定通り行いたいと思います。初めてのことなので分からないことばかりでしょうが、初日は朝から夜までの投与になるので、尿を溜めずにどんどん排出するようにしてください」

その言葉からしても、腎臓が尿を排出する機能の重要性が窺えた。

「順調にいった場合、退院はいつになるでしょうか?」

ごく当たり前の疑問を医師に投げかけた。

「抗がん剤と副作用を抑える点滴の投与は3日間行うので、水木金で点滴を投与。その後の体調の様子を見てからになりますが、腎臓の数値が順調なら日曜あるいは月曜の退院でしょうか…」

問題がなければ7日間で退院できるという説明だった。

しかし、場合によっては8日、9日間になるという。不安な気持ちを抑えながら、自分ではどうしようもないことなんだ…そう思うしかなかった。

夕方、アナウンスが病棟内に響く。

「ご面会の時間はあと15分です。お時間をお守りください」

17時以降の病院内では、患者だけの世界が始まる。

個室のベッドで一人横になると、何の変哲もない病室の天井が目に入ってくる。ただ白いだけの天井。何も語らない白い壁。先週までは自由に外へ出かけることができていたのに、今はテレビや音楽の音もない世界の中で、この白い壁と天井だけが自分に与えられた空間だった。天井から吊るされている太い針金が冷たく光っている。この太い針金は何を吊るすためのものなのだろう…。そんな疑問が浮かぶも、すぐに無機質な白い空間の中に意識は溶けていった。このまま消えてしまいたい…そんな想いが頭を支配していった。

■3日間の抗がん剤・副作用抑制の点滴プラン

今回の入院期間中に行う抗がん剤投与は1回。その時間はわずか2時間。その2時間のために、副作用を抑える点滴が朝6時から昼の12時まで行われ、それが終わると抗がん剤が投与される。その後は再び副作用（腎障害、吐き気など）を抑える薬の点滴となる。3日間の点滴投与プランは、次のようなスケジュールだった。

1日目　6時〜8時　ラキテック・デキサート500㎖
8時〜10時　ラキテック・アロキン・硫酸Mg補正液500㎖
10時〜12時　マンニットール　300㎖
抗がん剤・12時〜14時　生理用食塩水250㎖・シスプラチン160㎎
14時〜16時　ラクテック500㎖
16時〜18時　ラクテック500㎖
18時〜20時　ソルデム3A　500㎖

2日目　10時〜12時　ソルデム3A　500㎖／デキサート
12時〜14時　ラクテック500㎖
14時〜16時　ラクテック500㎖
16時〜18時　ソルデム3A　500㎖

3日目　10時～12時　ソルデム3A　500㎖／デキサート

投与は患者の体調を見ながら行われるため、これはあくまでも目安のスケジュールだと言われていた。全体の中で抗がん剤の投与時間はわずか2時間。だが、その前後の点滴の時間が長いということは、抗がん剤の体への影響がいかに強いものかを物語っている。また、抗がん剤を使った化学治療においては、投与後に腎臓の機能が正常に働くかということが重要になるとの説明も聞いた。体内に入れた薬物を正しく尿から排出できるかどうかが大切だということになる。口から水分補給をしながら、何度もトイレに行くことができれば副作用も少ないということだ。ただ、腎臓の機能に関しては個人差があるので、抗がん剤の投与はやってみなければ分からないらしく、その後の体調変化も人それぞれだという。

明日の朝6時から、抗がん剤の副作用を抑える点滴投与が始まる。治療の予定表を見ながら一人ベッドに横になり、天井を見上げた。白い壁が蛍光灯の光で冷たい表情を見せていた。先の見えない不安が湧き起こる。これからどうなるのだろう…。

このまま消えてしまったら、どんなに楽だろう…もう一人の自分がそうささやいた。

24時間眠らない総合病院
～初めての抗がん剤投与～

早朝4時30分。突然、病院内のアナウンスが繰り返し鳴った。

「コードブルー、コードブルー。A8病棟へ」
「コードブルー、コードブルー。A8病棟へ」

コードブルーとは、緊急事態に対する医師らの救援システムの名称のことだ。入院中の患者の容態が急変したのか、あるいは救急対応の事故が発生したのかもしれない。コードブルーが発せられる時は、一般に事故性の急患が多いと言われている。大きな火事や爆発事故、自然災害などがそれに当たる。担当科の医師に関係なく、病院内にいる医師たちが全員でコードブルーに対応するため、30～40人もの医師、看護師が一度に集まるという。

今回の理由は何なのか分かならないが、早朝の廊下では急ぎ足の看護師たちの音がする。

病棟内に緊張が走っていた。

まるでドラマのようだが、現実に起こっているのはリアルな世界。入院している病院での出来事なのだ。地方都市で一番大きな病院の役割には災害時の受け入れ対応などもある。そのためにドクターヘリも所有している。広範囲の地域における事故や遭難などに対して24時間対応しなくてはならない地域を守る総合病院の現実の姿がそこにあった。しばらくすると、再びアナウンスが流れる。

「コードブルーは解除されました」

午前5時30分。

もう巣作りを始めているのだろうか。ツバメたちの鳴き声がいつも以上に賑やかに感じられた。

「では、点滴の準備をしますね」

午前6時前、予定通りの時間に看護師が病室に入ってきた。

看護師の合図で横になり、腕を伸ばす。採血とは違うので、どこが点滴に相応しいのかを探してもらう。看護師が見つけたポイントは、左手首より5㎝ほど上、体の内側に沿って走る血管が選ばれた。点滴の針が入れられる。採血よりも針を刺した痛みは少ない。固定され、点滴が投入されていった。

2時間単位の点滴内容と注意事項について看護師から説明を受ける。午後2時までは副作用を抑える薬なので何とかなる気がしていたが、人によってはその薬でも体調に違和感を覚えるという。全てを悪いほうに考えれば、不安はどんどん溢れ出てくる。もう、まな板の上の鯉だ。どうにでもなれ！ そんな気持ちで自分自身を奮い立たせるしか現実に立ち向き合う術はなかった。

正午。主治医と看護師が病室に訪れ、抗がん剤「シスプラチン」の準備に取りかかる。液垂れや漏れがないように点滴箇所のチェックが念入りに行われた。

「問題ないようですね。じゃぁ、投与前にまず血圧を測ります」

主治医の指示で看護師が動く。血圧は投与される前と、投与された後の5分後に2度計測される。血圧を測っている最中に詳しい説明を主治医から聞いた。

「アナフィラキシーって聞いたことがあるかもしれませんが、例えば、抗がん剤が投与された直後に体の防御システムが過敏に反応し、アレルギーのような状態になったりするケースのことをチェックするために、血圧検査は投与前と投与後に行います。防御システムが過剰に反応すると、その結果、血圧が急激に下がることがあったりしますから、それが起こっていないかどうかを確認するためです」

それぞれの体が持つ免疫システムによって合う薬、合わない薬があるということだ。

「血圧は109と77ですね。問題ないので点滴を開始します」

抗がん剤シスプラチンが点滴器具に接続され投与が始まる。抗がん剤の点滴だという印なのだろうか、シスプラチンと点滴をぶら下げている器具には半透明で黄色の色をしたビニールが被せられた。

自分の体の中に抗がん剤が投与され始める。先ほどの疑問はもう頭の中にはなかった。一滴一滴落ちてゆく抗がん剤。腕に刺さった注射針から体内に入っていく様子に全神経を集中させた。もう入り始めているのだ。ただ、痛みや特別な感じもしない。医師が私の様子を見て声をかけてきた。

「いかがです？大丈夫ですか？」

「えっ、ええ、特に問題ありません」

私の心配は顔に出ていたのだろうと思った。

今回の投与を含め全体の治療計画では3回の抗がん剤が投与され、その前後が腎臓の副作用を抑える点滴となる。予定表を分かりやすく記すと、次のような計画だった。

■入院時における点滴投与計画

1日目　6時～12時（副作用点滴）
　　　　12時～14時（抗がん剤点滴）
　　　　14時～20時（副作用点滴）
2日目　10時～20時（副作用点滴）
3日目　10時～12時（副作用点滴）

この3日の期間で、1日目の12時から14時までの2時間だけが抗がん剤投与時間となる。既に抗がん剤投与が始まっている今、何を心配しても始まらない。今はただ、自分の身体機能が抗がん剤にうまく適応してくれることを望むばかりだ。それは願いと言った方が正しかった。

「血圧は、107、68です。急激な反応もな

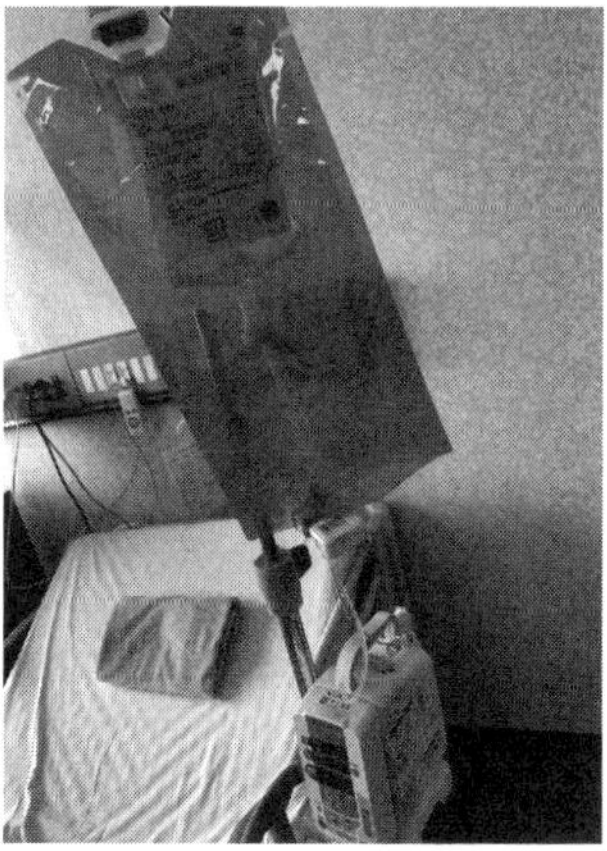
抗がん剤の投与（点滴）

いようです」

抗がん剤投与後の血圧を看護師が医師に告げる。

「しばらくはこのままゆっくり過ごしてください。もし気分が悪いなどの変化があれば、すぐに呼んでくださいね」

主治医のその穏やかな口調は安心感を与えてくれた。

一人ポツンといる部屋…。がんを患い、ただ何もすることもなく、ぼんやりとしている自分が不思議だった。今までこんな時間を過ごしたことはあるだろうか。休みの日であっても、家で仕事をやっていた。それはもう仕事とは言えない趣味のようなものだった。だから、休むという経験がほとんどなかった。

病院のベッドで一人横になっていると、記憶の中に刻まれている幾つもの思い出や景色が不意に甦ってくる。

１９６０年代。大好きだった西部劇『ララミー牧場』。主人公のジェフと同じ色のピストルは一番の宝物だった。１９７０年代。ブルース・リー主演の映画を観た時の衝撃。学校の昼休みには、みんながブルース・リーになっていた。

１９８０年代。フォークからニューミュージックへ音楽シーンは変わった。

社会人になってからは、海外へ行く機会も多かった。1ドル240円の時代。初めて立ったアフリカの大地。夕日に染まる赤い大地に心を吸い込まれた。しかし、そこは既に赤いフラッグ、中国の資本が動き始めているのを目の当たりにした。

憧れのヨーロッパへも何度も訪れた。街並みの美しさが際立ち、ただ歩いているだけで幸せな気分になった。石畳でさえ西洋の精神は宿っている気がした。日本の朽ちる文化とは異なる石の文化。街に流れた血も涙も、勝者も敗者の記憶も全てが石の痕跡の中に刻まれていた。もちろん、今以上にアジア人に対する差別も味わった。

ラテンアメリカの世界は別格で魅力的に映った。アカプルコのケブラダ。崖からの飛び込みは生死を賭けた競技。人間が持つ恐怖に打ち勝ち海に飛び込む選手たち。命知らずのチャレンジャーたちは世界に数多くいることを知った。

日本は成長することが是とされる時代。国も社会も企業も誰一人立ち止まることを許さないルールが暗黙のうちに敷かれていた。

そんな時代の中、ずっと走り続けてきた。

「ここらで一旦止まってみてもいいんじゃないか…」そんな心の声が聞こえてくる。

ベッドから白い天井を眺めていると、不思議な感情が湧き起こってくる。少しでも体力があるうちに、いつかはまたクリエイティブな世界に挑んでみたい…。この後に起こる自分の体の変化のことも知らずに、そんな悠長な気分になっていた。今回のがん宣告。61歳でがんを発見できたことは、ある意味、運が良かったのかもしれない。ステージⅢになる前に自分の体の変化に気付いたのだ。そう自分に言い聞かせる。しかし、既にがんの治療は始まっている。もう後には引けない…。じゃ、どうする…。頭の中で交錯する相反する思考。それを断ち切るように、何も考えないようにするしかなかった。しかしこの2ヶ月後、化学療法が持つ本当の怖さを知ることになるとは、その時思ってもみなかった。

抗がん剤投与からどのくらい寝ていたのだろう。

病院のベッドの脇に置いた時計に目をやると、自分の感覚とは違ってわずか30分足らずしか経っていなかった。投与されている抗がん剤の影響は今のところない…そんな気がした。だが、主治医からは自分の体の変化を注意深く観察するようにと言われていたので、不安な気持ちが消えることはなかった。わずか2時間の抗がん剤投与に対して、その前後に30時間以上もの副作用を抑える点滴が行われるのだ。そのこと自体が抗がん剤の強さと言うしかない。明日も明後日も副作用を抑えるための治療薬投与が続く。本当に治るだろうか…。そんなことを何度考えたところで不安が消えるはずもなかった。

初めての抗がん剤投与後、午前1時28分。突然目が覚める。尿意を感じた。早速、一人深夜の廊下を歩いて奥にあるトイレへと向かう。尿を採取し、自動計算する機械へ投入する。一度に553㎖を出す。かなりの量が溜まっていた。抗がん剤投与後の尿の量は人によって異なるという。万一、腎機能が悪いと尿意を促す薬が投与されると言われていた。こまめに出すほうが腎臓に負担を与えないとも聞いていたので、気になればすぐにトイレに行った。

その日の尿の回数と量は次のような数値だった。

1回目　228㎖
2回目　255㎖
3回目　288㎖
3回目　264㎖
4回目　258㎖
5回目　273㎖

6回目　282㎖
7回目　271㎖
8回目　259㎖
9回目　553㎖
10回目　171㎖

合計、およそ3ℓもの尿を排出したことになる。とは言え1日で5ℓに及ぶ点滴をしている以上、不要な水分を排出しなくては体の負担が増す。自分ではかなりの量を尿として出しているにもかかわらず、体は正直に反応する。体が少しむくんでいた。点滴が終わるまでこの状態が続くと言われたが、尿の量次第では腎臓の機能低下もあり得た。今、自分にできることは水を飲むことぐらいしかない。そう自分に言い聞かせ、再び眠りの世界に入っていった。

朝の日課。いつものように7時過ぎに血圧、体温、酸素量の検査が行われる。

特に異常はなかった。前日、抗がん剤を投与した影響も現れてはいない。抗がん剤を投与した次の日に副作用が出る人もいるというが、今は自分の体に頑張ってもらうしかない。

「朝ご飯の用意が出来ました。取りに来られる方はお越しください」

アナウンスが流れベッドを出た。

部屋から一番離れたところにナースステーションがある。かなりの距離だが、部屋を出た瞬間、遠くに立っていた看護師が人の気配を感じた様子で振り向いた。患者はまるでアフリカのサバンナにいる動物のようだ。廊下に出るとすぐにその気配はチェックされる。もちろん動物といっても、こちらはがんを患った手負いの老体。もちろん牙などはない。せいぜい入れ歯がある程度…そんなことを考えている自分がおかしかった。

朝食は、パン、スープ、サラダ、フルーツ、牛乳という組み合わせ。糖尿病を患っている場合などは特別食になるが、私の場合は制限のない食事が用意されていた。しかし、全部は食べきれる量ではなかった。軽い運動もやっていないので食欲があるはずもない。しかし、あのサラリーマン時代に経験した深夜に及ぶ飲食行為は、一体何だったのだろう…。人間の体は、欲望や快楽が脳を麻痺させてしまうのか…そんなことを考えていると朝食はあっという間に終わった。

検診時間。廊下に並べられた椅子に座り診断の順番を待つ。６人が並んだ。男性は４人。みな60代のようだ。女性は２人。50代らしき方と20代。点滴をしているのは、私を含めて

4人。それぞれが自分の病と向き合い静かに座っている。

無言の沈黙を破るように、2人の男性患者がしゃっくりをしながらこちらに近づいて来た。2人は検診仲間のようだ。しゃくりの二重奏を伴奏に不思議な会話が始まった。

「なかなか止まらないですねぇ、ヒック」

「副作用だからと言われました。あまり長く続くようだと薬をもらえるようですよ、ヒック」

「あと5回なんですって？ ヒック」

「そうなんですよ。長かったですね、放射線35回というは。ヒック」

「痛みとかは、どんな感じでした？ ヒック」

「15回ぐらいまでは、こんなもんかって放射線治療を受けていましたが、ヒック、20回目ぐらいから口の中に痛みが出てきて、ヒック、口内炎がとにかくひどかったんです。ヒック。先生に新しい薬を処方してもらって、ようやく痛みが和らいだ感じなんですよ。ヒック」

「20回目からですか？ その後、何か変化がありました？ ヒック」

「味覚障害ですね。ヒック。一度退院して家に帰って、家のいつもの料理を食べても味がさっぱり分からなくて」

その時、私にも不意にしゃっくりが襲ってきた。

「ヒック、…ヒック」

私のしゃっくりの音に動ずることもなく、ちらっと私を見ただけで2人の会話は続いた。

「味覚障害って経験ないですし、まさかそんなことになるとは…。ヒック」

話に伴奏するかのように、私ともう一人が続く。

「ヒック」

「ヒック」

「あと、口の中が乾燥するので、その影響で鼻の中に塊のようなものが出来たところを無理に剥がしたりすると、血管まで切れて血が流れてきたりするので、ヒック」

「ヒック」

「ヒック」

「無理に剥がしたりしないほうがいいですね。とにかく無理しないで自然に任せるようにするしかないですね。ヒック」

「ヒック」

「ヒック」

「ヒック」

入院棟の廊下ではしゃっくりの三重奏がしばらく続いた。

「ヒック」

「ヒック」

「ヒック…」

がん宣告で奪われる小さな夢

4回目の放射線治療。

点滴を腕に付けたまま治療の場所へ向かう。放射線治療の20回目あたりが副作用の出る目安だとすれば、今の段階で副作用がないのは当たり前のことなのかもしれない。まだ4回目なのだ…。とは言え、人それぞれ副作用の症状は違うとも言われているので、自分にはどんな症状が出てくるのか…不安はよぎる。しかし、もう進んでいくしかないと観念するしかなかった。ともかく、免疫力はかなり低下するので風邪などの感染症だけには注意するように言われていた。「高精度放射線治療センター」と書いてある案内に従って長く続く廊下を進む。

鏡に映った自分が見えた。まるで、子犬の散歩のように点滴を従えて歩いている。点滴はまるでポチのようだ…。自分で自分を笑った。


放射線治療が終わり、病室でこれから先のスケジュール帳をぼんやりと見ていた。

8月の欄に「ＪＩＣＡ訪問」と記してある。実は、海外協力隊の国際協力ボランティアシニア部門の説明会に出席する予定だった。入院するひと月前に、秋からのシニア募集に応募しようと考え、説明会に参加するために日程を空けていた。自分が過去に経験したことが、少しでも海外で役に立つならと考えていた。英語とスペイン語なら多少は話せる。これまでの経験がもし活かせるのなら、今までに行ったことのない発展途上の国に行って、初めて出会う人たちと仲間になり、その国に溶け込みながら汗を流したいと思っていた。都会の仕事だけでなく、泥臭く現地に融合する仕事を通じて、どこかに置き忘れている自分を取り戻したいと考えていた。期間は2年というショートなもの。その後は行ってからまた考えればいいさ…そんな風に思っていた。

手帳には「事前の登録必要事項をチェック！」と走り書きされていた。ふと気になってホームページを閲覧した。シニアの応募に関する欄を探す…。健康診断の項目を見つけクリックしてみる。目に飛び込んできたのは「不可の可能性」という欄。その内容を食い入るように見た。具体的症状が記されている。高血圧、気管支喘息、痔、アトピー、アレルギー。当てはまらない症状ばかりで少し安心した。しかし、もう一つの欄には「不可の可能性」ではなく「不可」の文字。そこには、症状ではなく病名が明確に記されていた。最初に出てくる病名は「心疾患」。次いで「脳血管症」、そして…「がん」と記されていた。天を仰ぐ…。私の小さな夢は、いとも容易く儚い夢となって途切れた。漠然とではあるが、シニアボランティアの審査には通る自信があった。事前に参加方法を電話で確認した際に、口頭で軽く自分のスキルに関してヒアリングされ、可能性は高いと言われていた。海外で働く夢を現実に手にすることができる…そんな未来はいとも容易く消えた。

自分は社会の仕組みからすると健康から外れた人種になるのか…。こんな体だともう選ばれることはないのか…。ただ、叶えたかった夢だ。諦めきれない。だったら、どうする…。他の方法はあるのか…。でも、何をするにも、まず体を治さなくては…。海外協力隊に参加する道は途絶えたが、夢は決して終わっていないんだと自分に強く言い聞かせた。

深夜ふと目が覚める。時刻は午前2時40分。

午前3時で締め切りとなる尿量検査のために、最後の計量をしなくてはいけないタイミングだった。

廊下の奥にあるナースステーションだけがぼんやりと光っている。指定の計量カップを手に持ち検尿する。入院してもう何回目になるだろうか。20回、いや30回近くは検尿をしたような気がする。段々と目分量で自分の排出した尿の容量が分かってくる。そんなことさえも検尿の楽しみになってくるから不思議だった。

夜は排尿する回数が少ないため、昼間以上の量になる。排尿中に量を目測していく。

「300、400、500を超えたぞ。これは586、いやそこまでないな。554か！」

そんなことを心でつぶやく。

計量器にある自分の名前を押すと尿を入れる蓋が開く。そのあとは自動計算される仕組みだ。ジーン、ジーンとモータのうなる音が響く。深夜の場合は、この金属音も夜の楽しい仲間の1つだった。計量器が計算をしている間、「554、554…」とつぶやく。画面が表示された。574㎖。

「惜しい！ どうして少なく見てしまったんだろう。今度は間違えないように、ぴったり当てていこう…」

独り言を言いながら、真夜中の検尿は終わる。こんな入院中の一人遊びも私にとっては気晴らしになっていた。

35回の放射線治療が及ぼす副作用

入院5日目の朝。いつものように体温、血圧、酸素量を計測する。体重は自分で量りに行き、記録してもらった。入院した時よりも体重が2kg近く増えている。食事は少なめに摂っているのだが、どうしてだろう…。看護師に訳を聞いてみた。

「点滴をずっとしているので、尿で排出できなかった分が体内に溜まってしまうんですよ。だからどんどんトイレに行くようにしてください。出にくくなったら、排尿を促す薬を使います。ただ、点滴が終わってしまうと、体重はすぐに元に戻りますから安心してください」

体の中に入り続ける点滴で、今は副作用を抑えているのだろう。今日は吐き気止めの薬も与えられた。ともかく、抗がん剤を投与した患者が体調不良を起こさない工夫が色々とされている。しかし、しゃっくりだけは突然発作のように襲ってきた。

「このくらい仕方ないか…」

独り言のようにつぶやいた。

抗がん剤の副作用の怖さは、少なからず知っていた。しかし、尿の排出量が順調なせいか、特別気分がすぐれないということはない。それよりも、自己認識レベルだが、放射線治療5回目（抗がん剤投与からは3日目）、喉のつかえというか、かすれ声で話しにくかった状態から少しだけ解放されているような気がした。現実に、治療前ほど声がかすれることなくスムーズに会話できるようになっている。そんなに簡単に良くなるはずはないと思いながらも、首の左側の腫れていたリンパ部分にも変化が現れているような気がした。入院時には触ると4㎝ほどの硬いビー玉のようなしこりがあった。それがやや小さくなり軟らかくなっているような気がしたのだ。これも治療の成果なのだろうか。いや、そんなことは分かっていた。決して焦る必要はない。ただ、治療の成果が早く欲しかった。自己診断は危険だ…。すぐに、そう自分に言い聞かせる。治療に関して素人の推測が危険なことは分かっていた。決して焦る必要はない。ただ、治療の成果が早く欲しかった。自分の体の中では、一体どんな変化が起こっているのだろう…。

ツバメたちの鳴き声がふと耳に入る。病室から見上げる空は夏の到来を思わせる厚い入道雲に覆われていた。

午後、口腔外科から呼ばれる。

咽頭がんは口の中の病でもある。放射線を照射されるのも口の中になるため、口内炎などをはじめ様々な粘膜の炎症には注意するようにと言われていた。口腔内にひどい炎症が起こると、固形物が食べられなくなる。だからこそ、口腔内の予防検診は放射線治療とセットで行われていた。

最初に口内環境の確認が行われる。歯垢の検査、歯茎のチェック、そして、口の中全体のクリーニングと続く。治療が終わり病室に戻ると、部屋の前に栄養士の女性が待っていた。そう言えば、最近食事をかなり残していることを思い出した。

「食事の方はあまり喉を通らない感じですか？」

「いや、そんなことはないです」

「別に喉に通らないということではないですね？」

「はい、喉は大丈夫です」

「もし食事にご希望などあれば気兼ねなく言ってくださいね」

その優しい言葉に、いつも残して申し訳ないと感じてしまった。ただ、今日の夕飯もきっと残してしまうだろう。


しばらくすると、主治医が部屋に現れた。

穏やかな顔つきで私に近づくと、丁寧に語りかけてきた。

「どうですか？　あまり体調に変化はないと報告を聞いていますが」

「大丈夫です。ただ、気になるのは、しゃっくりです」

「それならお薬を出しておきましょう。でも、よかった。治療は順調ですよ」

主治医にとっては、患者の病の回復状況は一番気になる点だ。直接顔を出さない時にも、看護師の話によると、放射線科の医師たちとは意見交換を密にしながら体調の変化や副作用の状況を確認しているのだという。私の進行状況は、思った以上にスムーズに第一段階をクリアしているようだった。しかし、看護師からも言われたが、最初の抗がん剤治療は問題なく終える方が多いという。問題は、2回目を超えた、放射線治療15回目以降からだった。とは言え、治療の第一段階を無事にクリアできていることは嬉しかった。そんな安堵の気持ちが心の中で広がると、心の余裕も生まれる。治療前から聞きたかった質問を医師に投げかけてみた。

「今回は放射線治療を35回行う予定になっていますが、35回というのはどうやって決めるのでしょうか?」

本来は治療前に聞くべき質問だった。しかし、がんを宣告された直後はかなり動揺していたため、このような素朴な質問は思いつかなかった。

「35回の放射線治療というのは、世界標準の治療回数と理解してください。特別なケースでない限り、統計的に35回の治療が標準になっています。今回も成功率の高い標準的な治療プランを実施しています」

35回という回数。様々な治療ケースの中で、1つの成功モデルが示されているということなのだろう。この治療モデルに自分のケースが当てはまるかどうかは治療をやってみないと分からないが、今は信じてついて行くしかない。今後の治療において、患者の体調に一番問題が起こるのは放射線治療を始めて15~20回を過ぎて、最後の2週間だと医師からも告げられている。それまでは、一歩ずつ治療を終わらせていくしかない。それが私にできる唯一のことだった。

医師は看護師から手渡された血液検査のデータを見ながら、説明を続けた。

「もしご希望があれば、明日土曜の点滴を終えた午後に退院できますが…。あるいは明後日、日曜の午前でも退院はできます。どうされます?」

医師の顔はにこやかだった。治療計画の第一プランがクリアできた喜びがその表情に表われている。その笑顔が私の背中を後押しした。

「では、明日にさせてください」

「ゆっくりされて、明後日までゆっくりされても問題ないですよ。よろしいですか?」

「明日で大丈夫です」

「分かりました。次回は放射線の後に経過を見ますので、退院後5日過ぎたあたりに耳鼻科に寄っていただきましょうか」

「はい」

主治医の「ゆっくりして大丈夫」という言葉が耳に残った。

東京だったら、こんなことが果たしてあるだろうか…。東京の総合病院の場合、最新設備は備わっているがスタッフは過酷な労働状況にあるとよく耳にする。看護師らの人員は常に不足していると言われている。医師自身の体調管理も課題とされている。現在、私がいるのは地方都市の総合病院。医療設備は大都市の病院に負けていないように見える。入院して感じたことだが、地方都市のほうが検査設備と医師のマンパワー、看護師数、ベッド数、医療事務管理体制における充実度は東京以上に高いような気がした。

そして何より病室の窓を開けると心地よい自然の風が入ってくる。周囲の山々の緑の中を一気に通り抜け駆け下りてくる風は、川沿いを走ってこの病室まで届けられる。そんな澄んだ空気を吸うと、体の内側から綺麗になっていくような気分になっていく。病院の選択は、がん患者にとってとても大きなことだ。主治医の「ゆっくりしていいですよ」という言葉は、がん患者の私に温かく心に響いていた。

ある日突然、味覚障害が始まった！
～口から味覚が消え、砂を噛む時が来る～

午後、東京にいるはずの娘が病室に顔を出した。

「来たよ！ お父さん。大丈夫？ これ差し入れ！」

メールで見舞いに来ると連絡が来ていたので特に驚きはしなかったが、東京での生活は忙しいはずなので少し申し訳ない気がした。手土産の餡みつが私に差し出された。

「明日は何時に退院？」

「2時あたりかな」

娘の表情からすると、家庭のほうは順調そうだった。

「久しぶりの餡みつだ。ちょっと食べてみるか…」

折角のお土産だ。娘の前で食べる努力をしなければいけないと思った。

「明日は来れないけど、一人で大丈夫？」

「問題ないよ。大丈夫だよ」

娘に心配されている自分が少しおかしかった。

餡みつの上に載っているアイスは濃厚な味だと記されている。その濃厚なアイスから一口舐めてみた。実はこの時、まだ自分の味覚の変化には気付いてはいなかった。

「アレ…？ このアイス、随分薄味だ」

「合成甘味料は使っていないお店の餡みつだからかもね」

「この繊細な感じの味がいいのかなぁ。でも味が薄い気がするけど…」

自分の舌には自信があった。仕事で回った世界各国の味を体験し、微妙な味でも使用している香辛料は判別できた。そのうち料理にも凝り始め、自分で作ることもあった。しかし、お見舞いのためにわざわざ買って来てくれたものに対して、美味しくないと評価をするのはためらいを感じていた。

「舌でゆっくり味わっていると少しずつ旨味が出てくるね」

実はこの時既に「甘味」への感覚は薄れ始めていた。しかし、それが味覚障害者になる一歩手前の状況だと、自分自身まだ気付いていなかった。

お見舞いに来てくれた娘を病院の出口まで見送った。ガラスの扉の外から大きく手を振る娘に応えるように手を振った。病院の内側と外側を隔てるドアのガラスは「病」と「健康」、「拘束」と「自由」を分ける境界線。屋外に広がる世界は「生」であり「希望」。それに対して、私のいる病院の内側に広がっているのは「死」であり、消えることのない「不安」、「闇」の世界…。

ガラスの扉一つで仕切られている内と外の世界を感じながら、歩きながら大きく手を振っている娘に、私も大きく手を振り返した。

生まれて初めての入院は、明日最終日を迎える。

「病」とは誰もがいつかは通らなくてはならない人生の関所のようなものかもしれない。今回、その関所で私を見守ってくれるのが若い医師たちだ。若いということは「未来」や「エネルギー」の代名詞であるような気がする。もちろん経験不足という面はあるが、最新事例への興味や探究心が年配の医師以上に強いというのも彼らの特徴だ。世界に負けない医療を目指す気持ちでチャレンジしていけるのも彼らの特権だろう。一方、「老いる」ことに直面している自分には何が残されているのだろう…。そんな想いを巡らせながら病室の天井を眺めていると、窓からツバメの声が聞こえてきた。「ピピピッ」「ピピピッ」とさえずる甲高い声。夏はもう目の前に来ていた。

退院当日の朝。放射線治療6回目。

最後の抗がん剤の副作用を抑える点滴の時間が来た。この点滴は12時までの2時間行われる。

「これで最後になりますね。ご気分は？ 大丈夫？」

目の前には、地方訛りのイントネーションで会話をしてくれる看護師が立っていた。

「しゃっくりだけかな。みんなもこうなのかな？」

「人それぞれだね。でも、いるよ、よく出る人も」

「そうか。安心した」

「先生にしゃっくりのお薬を追加で処方してもらおうか？ お願いしておこうか？」

「ああ、聞いてもらえるかな」

「はい、いいよ～」

素朴な言葉使いに笑みが湧いた。


入院最後の検診時間。いつものように廊下に並んだ椅子に順番に座る。

今日は7人。昨日までいた若い女性の姿はなかった。もう退院したのだろう。がんじゃなくてよかった。最近、20歳そこその女性でも、がんに冒される記事を目にする。まだ成長過程の若い人たちが、突然がんの宣告を受けるのだ。その辛さは、私が受けた宣告なんてものとは違う次元だろう。

人は生きるために「命」を与えられている。「生」を走って行くからこそ、「死」の恐怖を忘れることができる。しかし、一度がんの宣告を受けると、「生」の世界が急激にしぼんでいくような錯覚に陥る。そして「恐怖」が心の中で増幅する。夢も未来も「恐怖」というブラックホールに飲み込まれてしまう。若い人の場合、まだ宣告を受け入れるには歩んできた時間が短すぎる。がんと診断されることで、悲しみ、混乱、怒り、放心、自己嫌悪…様々な感情が交錯していくことだろう。行き場のなくなった心は、がん宣告の事実に対して、もはや逃げることもできない運命なのだと感じていく。「生」を感じながら「死」を見つめる時間。それが、がん宣告後に付いてくる。果たして自分という者は、一体どんな存在だったのだろう…。四六時中そんな問いを自分自身に投げかける。


最後の点滴が終了した時に、娘からのメールが鳴った。

「ちゃんと食べている？ 体にいい健康食品があったから送っておくね」

「老いる」ということは、肉体的、細胞的に生命維持装置である肉体にガタがき始めていることでもある。健康食品や健康補助剤を摂取したところで、効き目があるかどうかは分からない。しかし、今はどんな健康食品でも構わない。自分が弱っている時は、どんな甘い宣伝文句にでもすがりたい気持ちになってしまう。頭の中では「どうせ効かないだろう」と思っていても、試しに買ってみようという気持ちになっていく。こうしてがんが見つかったことも、天からの贈り物だと信じよう。この治療を契機に、今まで気にしていなかった自分の体のことを考えていこう。娘のメールをもらって、そんな風に生きることの大切さを感じた。

こうして私の第1回目の入院治療が終わった。来週からは通院しながら放射線治療を続けていく。見えない未来に向かって病室の扉を閉めた。

本当の闘いは退院後にやってくる

病院からの帰り道。若干の体調不良を感じていた。

実は抗がん剤を投与されてから3日間便通がない。もちろん食べている量も少ないので、いつものように毎日規則正しい便通があるわけではない。しかし、3日間も出ないとお腹には膨満感があった。お通じのためには冷たいお茶がいいのかな…そんなことを考えていると、突然「ヒック」という音とともにしゃっくりが出る。病院で処方された柿のヘタを煎じたお茶を飲むしかないと思った。

久しぶりに部屋に入ると、ムッとした空気がもたれかかってきた。全ての窓を開け空気の入れ換えをする。清々しい空気が一気に部屋に入ってくる。心地よい風は勢いよく部屋の隅々まで吹き渡る。と同時に、疲れがどっと出た。どこがどうという感じではない。ただ体がだるく、どことなく頭もボ~としている感じだった。熱はないはずだが、何とも言えない不快感が全身を包んでいた。おまけにしゃっくりも連続して出てくるので、腹の奥から胃液が上がってくる。吐き気までには至らないが、胃に溜まっている食べ物の残留物が押し上げられるような感じだった。

どうにもならない自分の体をスッキリさせるため、冷たい水を飲んでみる。しかし、良くなる気配は全くない。吐き気まではないので堪えることはできたが、病院からもらっているしゃっくり止めの柿のヘタ茶とトンプクを飲んで、早々にベッドに入ることにした。そして、そのまま眠りについてしまった。

目が覚めたのは夕方4時。5時間以上も寝ていたことになる。起き上がってトイレへ行く。お腹が張った感じには変わりがない。おまけに、何度もしゃっくりが出る。ヒック、ヒック、ヒック、3回連続でこみ上げてくることが多くなった。みぞおちから胃袋あたりが、しゃっくりのせいで痙攣しているように動く。同時に息苦しくも感じられた。もう一錠飲んで寝よう。そう自分に言って、錠剤と飲み薬を口にした。そして再びベッドに潜り込む。「この体調の変化、だるさは一体何なんだ…。何でもなければいいが…」タオルケットを頭まで被り、不安を打ち消すように目を閉じた。

翌朝。

体調は変わらず不快感を伴っていた。特に唾液には、何か今までにはない感覚があった。いつも以上に粘度が高い。白い泡になった状態で口の中にまとわり付いてくる。何度うがいをしても改善する気配はなかった。お腹はというと、かなり張っている。昨日から今朝にかけてほとんど食べてはいないのだが、相変わらず便意はない。便通がなくなって4日目になる。

この街に来てまだ6ヶ月と2週間。突然のがん宣告。もう自分の描いていた暮らしは無理なのかもしれない。しかし、自分の求める生き方を何とか実現したい。でも、まずは体を完治させなくては…。夢に向かって歩もうとする自分と、悲観的に考える2つの人格が、頭の中でクルクルと入れ替わっていった。

翌日、気晴らしにと思いドライブに出た。お腹の張りは相変わらず続いている。窓を全開にして車を走らせる。爽やかな空気が体中に入ってくる。もうしばらく様子を見ていれば、この気持ちの悪い体調もきっと治る…この時はそう思っていた。

その夜、どうにもならない悪寒と熱っぽさを感じる。体のどこかがおかしい。熱っぽい状態でいるのも気になる。頭もクリアにならない。体温を測ってみると36・5度しかない。しかし寒気がする。この状態で一晩過ごすのは良くないと直感的に思った。お腹の膨満感も続いている。病院以外の薬は避けていたが心を決め、市販の頭痛薬兼解熱剤を飲むことにした。2錠が大人の適量だが、4錠にした。しゃっくり用のトンプクも一緒に飲み込んだ。ともかくぐっすりと寝て、熱っぽさから逃げ出したかった。早めにベッドに潜り込み、「強」に設定した電気毛布で身をくるめ、体を丸めたまま目を閉じた。何とか体調が良くなってほしい…心の中でそう願いながら眠りに落ちていった。

深夜12時前。下腹部の変化を感じて目が覚めた。トイレに駆け込む。4日目の深夜にしてようやく便通があった。点滴で入れていた水分もかなり出たような気がした。頭のぼやけ感も少し和らいでいた。しゃっくりだけはまだ続いている。もっと寝なくてはいけない…自分の体がそう発信していた。もう1錠だけ薬を飲んでみよう…。頭痛薬を1錠としゃっくりのトンプク1錠を一気に飲み込み、再び電気毛布の中に潜り込んだ。込み上げるしゃっくりと長い時間格闘しながら、いつの間にか記憶は飛んでいた。

治療後に分かるがんと闘うということ
それは、生きる希望を持つこと

朝日を感じる。

時計に目をやると、6時を過ぎたところだった。頭の中はぼんやりとしていたが、かなりの時間眠ったせいか体の熱っぽさは取れていた。有り難かったのは、しゃくりが止まっていることだった。「よかった」と思わず安堵の声を出した。これから自分がどうなるのかさえか分からない中、不安はできるだけ少ないほうがいい。ともかくお腹がスッキリしたこともあって、全体的に調子が良くなっている気がした。

とは言え、本当に気持ちのいい状態かというと、まだ決して本調子とは言えなかった。どこか体にだるさがあり、疲れが感じられる。顔には無精ヒゲが伸び始めていた。点滴の影響からなのか、顔つきが少し変わって見えた。

「まだ、始まったばかりなんだけど、もっと変わるのかな…」

鏡に映った自分にそう聞いた。

朝9時からの放射線治療を終えた後、私は病院の駐車場のすぐ前にある河川敷の公園にいた。そこは風の通り道。緑に溢れていた。遠くに2000m級の山々が姿を現している。お腹の膨満感もなくなり、熱っぽさも取れていたため、気分は少しだけ開放的になっていた。しかし、まだ治療は始まったばかり。ここまでの経緯を見ても初めてのことばかりで、ずっと戸惑いの中にいる。事前に聞いていたことと現実は、正直かなり異なっていた。

「いよいよこれからか…」石を拾い、川に向かって投げる。石ころは川まで届かず、草むらに転がって見えなくなった。肩の力も落ちている自分を知った。ツバメのさえずりだけが河原に響いていた。

週末、新緑の中を車で走っていた。

7月の光は山々に輝きを与え、木々の緑は湖に映えている。細く蛇行した道では心地よい木漏れ日が差し込んでくる。

知り合いの紹介で農家をやっている佐藤さんというお宅へ向かっていた。10年ほど前に内臓にがんが出来て手術をした方だ。それをきっかけに勤めていた仕事を辞め、湯治をしながら広島からこの地へやって来たらしい。生まれて初めての農業を、山間の里で始めたのだという。

自分の体に少しでも役に立つことを教えてもらえれば、それだけで構わない。そんな気持ちで会いに行った。退院からまだ5日目。体にはまだ膨満感がある。とにかく誰かと話をしたかった。

「初めまして」

「ようこそ。聞いていますよ。どうぞ上がって！」

佐藤さんの奥さんは人懐っこい笑顔を見せながら、朗らかに初対面の私を迎えてくれた。奥から日焼けした大柄な男性が現れた。

「よく来てくれました。この時期は田植えの後の草取りぐらいで、ちょうどよかった」

農業は5月が勝負の月だと聞く。天気によっては6月まで気を抜けない作業が続くが、7月になると稲は落ち着くのだそうだ。とは言え、無農薬の農業。雑草を取る作業に終わりはない。

「実は、がんということが分かって、今は抗がん剤と放射線治療を続けている最中なんです」

ありのままに自分の病と治療の経緯を説明した。

「そうでしたか…」

そのわずかな沈黙が、部屋を緊張感で包み込んだ。

佐藤さんは柔和な声で切り出した。

「私の手術はもう10年以上前になります。腎臓がんでした。痛みやサインになるような症状はなかったんですが、ある日、とにかく疲れがひどくて、体の倦怠感が取れないので病院で精密検査をしてもらったんです。そしたら、すぐに手術と言われました。その6ヶ月前には人間ドックを受けていたにもかかわらずです。50代だったからがんの成長が早かったのかなぁ」

その笑顔からは実直な人柄が伝わってくる。

「腎臓は2つあるから1個切っても大丈夫だと言われ、検査後すぐに手術です。だから、抗がん剤の治療は僕はやっていないんです。あっという間に手術も終わった。その代わりに、30㎝以上も切った部分が回復するまではかなり大変だった！」

まるで楽しい思い出話のように話す様子を、彼の奥さんが優しく見守っている。

「その後、5年ぐらいして腸間膜にもがんがあるって分かって、そこもすぐに手術です。

でも、検査してすぐに見つかるなんて運がいい！　2回の検査で2回見つかって2回の手術です。もう5年は過ぎたから大丈夫だとは思っていますが、年2回は検査を欠かさないようにしています。あいつらは油断をするとすぐに大きくなるんでね」

彼はチラッと奥さんのほうへ目をやり、いたずら好きの少年のような表情を見せた。

「色々な勉強もされていると聞きました。良いことはドンドン自分でも取り入れてみようと思い伺ったんです」

「ともかく食が大切だと僕は思うんだ。農業を始めてから、土を触り初めてよく分かるようになったんだけど、土は生きているんだ」

佐藤さんは、自分の信じる生き方を熱く語り始めた。

「土っていうのは、沢山の微生物の力で生きていて、四季のサイクルには力があって、土の養分や機能は循環しているんだね。だから土は野菜に栄養を与えた後でも、微生物の力を借りながら立派に回復していく。ここの場所を選んだのは、水がいいからなんだ。冬の時期は雪が深く積もるので土が眠る。それが回復する時間になるんだね。そして春には雪解け水を使って水田を作る。すると、みんな元気のいい虫たちがわんさか出てくるんだ。この季節には蛍も出てくるよ。そんな生き物にとって大切なのが、やっぱり微生物たちなんだ。だから微生物をちゃんと育てていけば、立派な野菜を彼らが作ってくれる。自然界には目に見えないピラミッド構造があって、そのピラミッドの底辺、いや一番上なのかな、ともかく微生物が〝いい食〟を作ってくれるんだよ。もし、農薬とかで微生物たちを殺すと、土も元気をなくすし、野菜もヤワな野菜になってしまう。だから、病気になったことをきっかけに、これからは元気な野菜を摂ることが体に一番だと僕は思うよ」

自分自身の体験談だが、決して人に強制することのない話し方には共感が持てた。今までの自分の人生で「食」を佐藤さんの言うように考えたことはなかった。がんを経験した人たちは、それまでの自分の食生活を振り返り、改めて「食べること」や「食材のこと」を考え直してみるようになるのかもしれない。私も既にその一人になっている。

佐藤さんは50代前半に腎臓がんになり、55歳を過ぎて人生で初めて訪れる土地へ移住し、農業を独学で始めた。人には分からない苦労も相当あったに違いない。夫婦2人の力で幾多の困難も乗り越えてきたことだろう。生まれ育った土地を離れ、山間に隠れた見知らぬ小さな村落で暮らす。そんな人生の選択も、がんという病が人に与える運命なのかもしれない。佐藤さんは自分たちで育てた無農薬の農作物を、自分の体を実験台にしながら10年以上もずっと試している。簡単に体にいいとされる知識だけを教わろうとしていた自分がどこか恥ずかしく感じられた。

「ここで雑穀を育てています。あちらは野菜の小さな畑です。もうすぐ枝豆の収穫です。

本当に美味しいですよ」

縁側から、作物の育っている様子を眺めながら語った。畑のことが心から大好きなのだろう。屈託のない笑顔で説明してくれる。佐藤さんの言った雑穀というのは、雑穀米にする玄米のことだ。昔の食生活を取り戻すことを目指して、最初は古代米、緑米、紫米などを育てたという。いい種があると聞くとそれを取り寄せ、試験的に育て、納得がいけば購入し畑に植えていく。そんな繰り返しをしているうちに、今では60種類以上の種を同じ土で同時に育てている。大量には収穫できないものの、アトピーの子供を持つ母親たちから購入したいという問い合わせが増えているという。

「何種類って言われると分かんないんですよ。60種類以上はあると思いますが、その年の天気次第で育つ種が違ってくるので。まぁ、これからも全国の知り合いから良い種を譲ってもらいながら、もっと増やしていこうと思っています。毎年どんな味になるのかも楽しみなので」

佐藤さんの雑穀米作りは徹底している。農薬を全く使わないだけでなく、これはいいという種があれば全国から集めて試している。不耕起栽培という方法で、その3原則は「土地を耕さず、草も虫も敵とせず、持ち出さず持ち込まず」というもの。土の持つ力を自然に高めていく農法だ。

奥から足音が聞こえた。

「どうぞ、これが雑穀米の玄米、そして二分つきを炊いたもの。是非、召し上がって!」

一瞬にして周りの世界を明るくする力を持った奥さんの声だった。

差し出されたお盆には、2種類のお椀。お漬物とお味噌、お茶が添えてあった。玄米は紫色が強く、二分つきは薄い紫色をしている。

「2つの味見をしてくださいね。お漬物は自家製。お味噌も自家製。お茶も笹茶と言って、うちの庭に生えている笹の葉から作った自家製。全部自家製です」

こぼれるような笑顔で、そう言った。

まずは紫色の玄米から、一口分を箸に取って口に入れる。

「うまい!」

そう素直に感じた。十六穀米などは東京でも時々食べていた。ランチ時のお弁当屋では、お米を選べるサービスが流行っている。健康に良さそうだというだけで十六穀米をいつも選んでいたが、目の前に出された玄米は、私が都会で食べていた十六穀米以上に粘りがあった。さらに、噛めば噛むほどに甘味が増すのが分かった。二分つきも同じモチモチした食感がする。香りは玄米ほど濃くはないが、それでも十分に甘味があり、白米とは全く違う。

山間の風が吹け抜ける縁側で、畑を眺めながら食べる雑穀と漬物、そして自家製の味噌汁。全てが特別な味だった。

「美味しいです」

「よかった！　ねぇ、あなた。この雑穀をお土産に持っていってもらいましょうよ。そうだ。それがいい」

そう言うと、すぐに奥の部屋へ駆けて行った。一緒に出された笹茶も旨かった。さっぱりとしていて、口に残る味噌味を流してくれる。

2人だけになったところで、私は佐藤さんに尋ねてみた。

「私の場合は抗がん剤の治療もしていますが、これから注意することを教えてもらえませんか？」

こんなストレートな質問をしたことで少々照れがあったが、答えはすぐに返ってきた。

「体温を上げること。糖分を摂り過ぎないこと。深呼吸することです」

「深呼吸…？」

「酸化をさせない体を作ることです。だから、いい空気を体に入れることを朝から始めるといいでしょう。この地は空気がいいですから！」

そう言って、奥さんの方へ目線をやった。笑顔で応じる奥さんの手には2つの米袋がぶら下がっていた。

翌日、放射線治療のため、いつものように車で病院へ向かう。

ハンドルを握りながら、一人のがん患者としてこの土地を選んだ自分の選択について考えていた。多くの患者はより良い病院を希望する。良い病院の基準の1つは最高水準の高性能医療機器を保有していることだ。しかし、そのような病院の場合、当然患者数は限定され、コストは高くなる。さらに、高性能の治療機器には予約が殺到するため、都合の良い日時に予約を取ることができない。その結果、治療には長い期間が必要となる。そう考えてみると、東京の病院と比べて地方都市の医療機関はアクセスに恵まれているだけでなく、集中した治療には良い環境だと言える。いや、そう思いたいという気持ちが自分の中にあるのかもしれない。自分が選択した道を否定する心の余裕はもうないというのが真実だった。

私はいつものように、放射線治療のために横になる。

「動かないでください」

「固定します」

「足を上げて」

「台に載せます」

「では、始めます」

いつもと同じセリフで、いつもと変わらない治療は、ものの5分で終わった。

その後、口腔外科の検査を受ける。放射線治療が進むと口内炎などが出来やすくなるからだ。口内炎を予防するためにも、口腔環境は常に清潔である必要があった。最新の口内炎予防には、口の中に出来た炎症部分に直接貼るシールがあると説明を聞いた。それを貼ることで患部に食べ物が直接当たらないため、痛みが和らぐのだという。最新の医療機器技術の進歩は目を見張るものがあるが、口内炎のシールのようなアイデア、創意工夫はがん患者には嬉しいものだ。できれば使わずに済ませたいけど…説明を聞きながら心でそう思った。その後、耳鼻科の担当医の元へ向かった。

「では、カメラを入れて撮影しましょう」

慣れた手つきでスムーズに小型カメラを鼻から入れていく。鼻の奥で圧迫感を少し感じた。顎を少しだけ前に押し出すようにすると、急に楽になった。シャッターの音が響いた。

「小さくなっていますね。このままの治療方法で経過を観察していきましょう」

その穏やかな口調から、治療の経過が順調であることが伝わってくる。

「では、次の抗がん剤の投与は2週間後にしましょう」

2回目の抗がん剤投与。これからが本当の闘いなのだ。2週間後に再び7日間の入院…そう考えただけで、痙攣を起こしそうなしゃっくりと膨満感で苦しんだ便秘のことが甦った。入院時はずっと点滴をしながらの生活だ。しかも、毎回尿を計測することが必要になる。午前9時から午後3時、午後3時から夜9時、そこから夜中の3時…という具合に6時間おきの計測になるので、病院にいるだけで夜中にも目を覚ます習慣が身に付く。そんなことをまた繰り返すのか…そう想像しただけで気が滅入ってしまった。

診察から病室に戻る際、廊下に貼ってあった「がん支援センター」のポスターが目に入る。「誰でも何でも相談してください！」そう書かれている。今はどこの病院でもこのようながんサポート体制を整備しているようだ。宣告された時は、セカンドオピニオンや不安に対するアドバイスが中心で、治療後は、主に仕事への復帰、社会保険の手当てなど実務レベルの相談に対して社会保険労務士などが力を貸しているようだった。

やはり、がんになるということは、お金がかかるということでもある。だからこそ実務レベルでのサポートはとても助かる。私は知り合いから社会保険労務士でもありファイナンシャルプランナーの方を紹介され、その方のアドバイスで「がん治療に対する医療費上限設定」の申請を社会保険組合に行っていた。検査や入院費で上限を超えた分が補填されるというものだった。

がん治療に関わる検査・入院の総額は果たしてどうなるのか…。これは誰もが気になる点である。もちろん治療がどこまで順調にいくのかによって治療内容が変わるので、あくまでも順調にいった場合の予測になるが、この時点ではあまり考えないようにしていた。いや、考えないというより、考えたくなかった。自分の病気のことで頭が一杯で、治療費について考えるような心の余裕は全くなかった。まずは、最初の入院費の請求書を待ってからにしようと思っていた。そうすればその先の予測もできるだろう…。足の筋肉の衰えを感じながら、誰もいない病室に向かった。

ここで個人の生命保険の手続きに関して（総合病院に入院した場合は全国同じシステムに近いと思うので）参考までに記しておきたい。

まず、保険会社へ提出する書類は、入院・検査など全てが一段落した後に、病院内にある「文書課」というところが対応している。保険会社から送られてきている書類をその文書課へ持っていくと文書課はその書類を預かり、担当医師のサインをもらった上で本人に返却することになる。その書類を作る作業に対してはお金が必要で、一枚5000円程度はかかることを理解しておいたほうがいい。記載してもらった書類は自分で生命保険会社へ返送する仕組みとなる。記載有効期間は6ヶ月。つまり、入院などを行った後、6ヶ月以内なら書類を作ってもらえる。

テレビのコマーシャルで時々耳にする生命保険の宣伝で「がんが見つかったら、最初にお見舞金として300万円を！」という宣伝文句があるが、あのシステムは現実に色々な条件・制約があるはずだ。一般的に「保険は入院・治療が終わってからの請求！」と覚えておいたほうがいい。保険金は「お見舞金」ではなく「治療後の補填金」という考え方なのである。

ともかく、男女ともに60歳は体のターニングポイント。体の変化が起こる年齢に達する前にこそ、生命保険と特約医療保障分を切り離して再度検討することが大切だ。自分自身ががんを含む三大疾病と診断される前に、保障部分の見直しは絶対にやるべきことだ。

今後の入院費などを含め治療費がいくらになるのか（現時点では正確には分からないが）、現在予定されている35回の放射線治療、その後の検査・治療内容を想像すると、1

００万円に近い数字になるのだろうと感じている。ただ、それは予定通り進んだ場合である。もし予定外のことが起これば、金額はどんどん加算されていく。だからこそ、60歳になる前に、病気に備える準備が大切になる。私は既にがんを宣告されたのでもはや保険に頼ることはできない。これからはじっくり構えて自分の体と向き合っていかざるを得ない。それは自分のこれまでの生き方に対する戒めでもあった。

ここで病院内に設けられている「がん支援センター」がん患者たちの交流の場について書いておきたい。私の入院した病院では、週に1回水曜日にがん患者が集まるサロン日が設けられていた。ボランティアの方々が参加し、がん患者の方々は自由に相談や情報交換できる特別な決まりごとはない仕組みだった。がんになった方々が自由に話ができることで、塞ぎがちな気持ちを開放するのだという。参加するボランティアの方々も、自分自身が元がん患者だったり家族にがんを経験した方が多いという。

入院中にサロンへ顔を出してみることにした。場所は病院の中にある図書館スペース。中へ入って行くと4人の女性が集まって雑談をしていた。そのうちボランティアの方が2名で、うち1人は肺がん経験者。既に10年以上が経過し、再発はしていないという。残り

2名は現在がんの治療中という方。1人は3年前に乳がんを患い、その後転移したため2回手術を受けた方。現在も週1回の治療のため通院しているという。もう1人はがんになって8年、既に3回の手術を経験している方。転移した場所が毎回異なり、現在も毎週治療を続けていると話してくれた。

彼女たちと会話して初めて分かったことがある。がんの場所によって「抗がん剤」や「放射線治療」には、実に様々なバリエーションがあるということだ。がんのタイプや部位、進行度合いによって抗がん剤の成分や配分、放射線のレベルなど全て異なるという。つまり、がんを治療する方法は全てオーダーメイドということになる。

例えば、「髪が抜ける」＝「抗がん剤」という印象があるが、抗がん剤にも配分によって髪が抜けやすいものから、抜けにくいものもあるという。全ては、個別のがんの状態によって決められていく。長年健康情報番組のプロデューサーをやっていたが、そのようなことも理解していなかった自分が恥ずかしく思えた。視聴率を上げるための情報ではなく、本当に悩んでいる方々へ必要な情報を選択すべきだったと反省する。

参加したサロンでの会話からは学ぶことが多くあった。1つは、がんに冒された部位とは全く関係なく、がん患者共通で行われる治療、「口腔外科」についてだ。がん患者の治療方法としては、手術によるがん摘出、抗がん剤、放射線治療で治療する場合が多いが、いずれのがんも口腔外科の検査は不可欠で歯の治療は欠かさずに行われるという。特に親知らずの歯はがんの治療の際に抜歯される場合があるそうだ。サロンに参加していた方も免疫力が落ちた場合は口内炎などを起こしやすくなり、食事をすることへ不自由が生じたと話してくれた。がん患者にとって、必要な栄養を摂ることは非常に重要である。そのため、口腔環境の維持は欠かせないということだ。

そして、もう1つ。がん患者の治療において共通して起こりうる体の変化について。それは抗がん剤治療が起こす副作用、便秘だ。女性の場合、普段から便秘気味の方もいるが、抗がん剤投与後は、便秘になりやすい体質に関係なく、便通を悪くする副作用をもたらすらしい。便秘とは全く無関係だった私の場合でも、抗がん剤投与以降はかなりの便秘症になっている。もちろん食欲が減退し食べる量が少なくなっていることも原因の一つではあった。しかし、それ以上に腸の調子が悪くなっているのは事実だった。

「でも、本当に不思議なんですよ…」

8年にも及ぶ期間、がんと闘っている女性が、そう切り出した。

「がんと診断されて、同じ治療を受けても再発しない人と、どんなに注意して生活しても再発し続ける人がいるのよね。私のようにね。その違いはなんだろう…、何故なんだろう…って何度も思いましたね」

切実な心の声だった。一度目のがんは仕方がない。しかし、辛い治療を行った後、どんなに注意しても再発する人はいる。5年後の「生存率」は数字でよく示されるが、「再発率」についてはあまり統計を目にしたことがない。再発した方は、治療を続けながらずっとがんと向き合い生きている。その事実をどう受け止めればいいのだろう。再発する可能性はがんと診断された全員にある。自分の未来を変える病気「がん」。生きていながら自分自身の終焉と向き合い続ける病気、それが「がん」なのかもしれない。

味が分からない！ 味覚障害が脳に及ぼす影響

今日は、久しぶりに外食をするために外へ出た。

この街に暮らすかつての同僚たちと約束があった。今回の入院に際して色々と情報をもらっていたりしたので、今日はそのお礼も兼ねていた。

入ったのはシンガポール料理店。この街に来てから、一度だけ入ったことがある店だった。記憶では味付けが濃い印象の店だ。実は、無性に強い味がするものを食べたかった。抗がん剤投与後、6～7日目あたりから口の中で変化が起きているのに気付いていた。それまで当たり前に感じていた味がどんどん薄くなっていたのだ。

それは数日前の出来事だった。朝食にバナナを食べた際、自分の舌に味覚がなくなっていることに気付いた。入院前に買っていたバナナなので、黒い斑点が出来た状態まで熟れていた。当然甘さが強いものだと思っていた。しかし、全く甘くなかった。その日を境に不思議な味覚症状に襲われ始めた。味噌汁に塩味を感じなくなり、カレーを食べた時も、口の中で全く美味しさが分からなくなっていた。少し多めにケチャップをかけたバーガーにも挑んでみたが、ケチャップ特有の甘酸っぱさに対してほんの少し舌が反応したものの、本来の味は全く感じなくなっていた。そんな味覚になっていたせいもあって、今日は敢えて味の濃い店を選んでいた。

「やっぱり美味しくない」

「味が分からなくなっているということ？」

「このエビチリはしっかり味があるんだけどね」

「小籠包も何にも味がしない。生姜の風味だけはかろうじて分かるんだけど…」

「食べていてどんな感じがするの？」

「食べる前には食べ物の味のイメージが先にあるんだけど、食べるとそのイメージを完全に裏切る感じ。例えば、美味しいはずと思って飲んだジュースが、全く味がしない汁のようになった感じ…」

「味覚障害って、そんな感じになるんだ」

きっと言葉で説明しても、なかなか分かってはもらえないだろうと感じた。

頭で想像している味が完全に裏切られる…。さらに、裏切られただけじゃなく、まるで砂を噛んだように不味いもんだから吐き出したくなる。そう説明したほうが正しいかもしれない。

脳とは不思議なものだ。自分が食べようとするモノの味を事前に予測しているとしか言いようがない。目の前にある料理を見ると、脳の中ではその味を予測しているのだ。ところが口に入れた時、予想に反して全く違う味で、しかも予想を完全に下回った味だと感じたら、食べる気持ちが一気に失われてしまう。

しかし、完全な味音痴にはまだなっていないはずだ。きっと自分の味覚でもまだ反応できる味があるに違いない。それが何なのかを知るために、テーブルにあった調味料を片っ端から試してみた。醤油を舐めてみると、しょっぱさがほぼない。酢に対しては酸味が分からない。マヨネーズに至っては、何の味だかさっぱり分からない。カラシはさほど辛くはない。ラー油はピリッとしない。胡椒の味は全く判別できない。どの味に対しても反応が薄かった。抗がん剤を使った化学療法の最中は、味覚を完全に失う人もいると聞いていたが、味覚障害の「可能性」があるという程度の説明だったので、まさか自分にそんな副作用が起こるとは思ってもいなかった。

テーブルの調味料に対する反応がことごとく全滅する中、唯一自分の味覚に反応したものがあった。いや、味覚に反応したというより、脳の中で「不味い」という判断が下されなかった食べ物があったのだ。それは〝お粥〟だ。お粥をすすっても、味はまさにお粥そのものの味でしかなかった。つまり、脳がお粥であることを理解し、食べた際にお粥そのものの味なので「不味い」という判断を下さない。その結果、脳が受け入れたお粥を食べ続けることができた。お粥独特の甘味が広がり、旨味となって私の脳を満足させてくれた。久しぶりに味を感じる満足感に浸った。もしかしたらパンやピザを食べても同じような感覚になるだろうか…。脳の中には「味」に対する期待値というものがあって、それが満足するレベルに達したら、より食欲が湧くのかもしれない。

そう思ったら色々と試してみるしかない。早速、メニューから蒸したパンを頼んだ。要は具が入っていない肉まんの皮である。運ばれてきたホカホカの蒸しパンをすぐさまほおばる。口の中に広がる少し甘めの香り。蒸しパン独特の味覚が広がる…はずだったが、小麦粉のパサパサとした味しかしない。脳が記憶している蒸しパンの味は一切しない。思わず吐き出してしまう。脳が「不味い」と判断したのだ。結果、蒸しパンを一口も食べることができなかった。

脳とは不思議なものだ。食べた物が「美味しい」と感じた場合には、より食欲を促す指示を与えてくれる。しかし、「不味い」と判断した場合には、箸を止めるよう指示してくる。ということは、私たちは物理的には口から胃で食べているが、実は「脳で食べている」ということなのかもしれない。それは私自身が味覚障害になったからこそ見えてくる味覚と脳の不思議な関係だった。

味覚障害者にとっては散々な夕食だった。しかし、今回の食べ比べの結果、いくつかの収穫もあった。特に「お粥」を食べることに抵抗がなかったのは大きな発見だった。もしかしたら中華以外でも何か美味しく食べることができる調理方法があるかもしれない…。そう思えただけも、食べ物への望みはつながっていく。問題は、美味しさを感じなくなり始めている舌がこれからどうなるのかということだ。今まで味を判断していた舌が、もはや機能しなくなり始めている現実に不安を隠せなかった。味覚障害者になってしまったら何を食べればいいのだろうか…。8回目を終えた放射線治療の段階で、このような障害を持つとは全く予想もしていなかった。頭の中は混乱と戦っていた。

そうこうしていると最後に注文していた小倉餡添え抹茶アイスが運ばれてきた。ガラスの器に緑色の抹茶アイスが氷のジュータンのように敷き詰められ、その上に礼儀正しく小倉餡が正座している和風仕立てのスイーツ。抹茶のかき氷と小倉餡を一緒にスプーンですくって口へ運ぶ。小倉餡に対する舌の反応だろうか、小豆の味が微かな甘味と共に感じられた。もう一度、スプーンで少しだけ口に入れてみる。抹茶の味はほとんど感じられない。だが、小豆の風味だけは分かった。特に、餡子独特の深みある味わいを脳が感じ取っていた。

「小豆！　これは食べられるかも…」

そんなことを思いながら、脳が満足するものを探し出す食べ比べ会は終わった。今日からは味覚障害である自分を受け入れるしかなかった。

帰り道。一人ぼんやりと考え事をしながら歩いていた。

この症状はもっと悪くなるのかもしれない。まだ26回もの放射線治療が残っている。一般的に20回目以降には副作用がかなり強くなると聞いていたが、こんなに早く体調の変化が自分に訪れるとは想像していなかった。目に見えない不安が押し寄せてくる。というのも、ここ2日間、食事の量はかなり少なくなっていたからだ。口にするものが美味しく感じないため食べる気持ちが失せていた。当然、体重も減っている。入院前は58kg。退院直後は点滴のせいもあって59kg。それが56kg台になっていた。栄養だけは摂らなくては…。無理してでも食べなくては…。そう自分に言い聞かせた。

しかし、食べ物を美味しいと感じることができたのは、この日が最後となった。放射線治療9回目以降は、甘さも塩気も酸味も…全ての味が分からない完全な味覚障害者となってしまったのだ。

再発のリスク・抗がん剤・放射線治療の正しい知識とは…

夜、テレビの音だけが部屋に流れていた。

番組を観ているわけではなかったが、突然「がん」という言葉が耳に飛び込んでくる。

「食道がん」についての放送だった。スタジオには司会者と慶應大学病院の教授が専門医師として映っていた。BSの番組らしくシンプルなスタジオ。スタジオトークは話の内容がストレートで聞きやすかった。私は食道がんではなかったが、食道と近い場所なので番組への興味が湧いた。

一通り食道がんについての解説が終わると、「再発の危険性」というテーマへ展開した。そのVTRレポートが「咽頭がんから食道がんへの再発」というものだった。食い入るように言葉に集中した。咽頭がんを患って3年後に食道がんを患ったという方の取材映像が流される。咽頭がんを患った後、食道がんを発症した理由が知りたかった。しかし、番組はその理由には触れず、食道がんになった際にどのような手術をしたのかということが主題の構成だった。

番組によると、食道がんの場合、がんに冒された部分を切除手術し、残った部分と胃を直接結び付ける方法が多いという。しかし、今回のケースでは慶應大学チームによる新たな手術方法が紹介されていた。その方法とは、食道がんを全面切除するのではなく、まずがん細胞部分だけを食道の組織から特殊な方法で浮き上がらせ、浮き上がったがん細胞だけをレーザーでカットしていくという最先端の医療技術だった。

医療は日々進歩している。今や当たり前になっている動脈硬化への対処法としては、動脈の詰まった部分をステントと言われる金属で広げ治療する医療技術がある。それもかつてはかなり画期的な技だと感じたが、今回のように臓器に生まれたがん細胞だけを浮き上がらせ、細胞部分だけを切除する技術があるとは知らなかった。食道だけでなく他の臓器にも、いつかは応用できる日が来るに違いない。だが、その進歩の影には患者の体も必要とする。新しい技術であればあるほど、その有効性を証明するために、患者の体で試してみるしかないのだ。様々な試行錯誤の繰り返しを越えて、新しい治療方法は確立されていく。そんな自分もがん患者としてサンプルの一つなのだ。「がん再発」の言葉が心の中に深く刻み込まれた。

放射線治療10回目。いつものように放射線室へ一人向かった。照射はいつものようにあっという間に終わる。喉のあたりを気にしながら会計窓口へ向かった。

実は、1回目の入院費用の支払い請求書が送られてきていた。請求額は、5泊6日の入院費用として約12万円。ただし「健康保険限度額適応認定（限度額適応認定書）の申請」をしていたので、約2万円が還付されると記されていた。つまり、差し引き約10万円の支払額となる。その入院費用とは別に、入院前に行ったＭＲＩとＰＥＴの検査費、毎日行っている放射線治療費と、口腔外科での診察費が別に計上される。

その概算の費用を会計係に尋ねると、現時点で約15万円の治療費になっていた。つまり、合計25万円が今までにかかった費用という計算になる。日割りにすると1日当たり2・5万円。今回の治療計画では、35回の放射線（3回の入院含む）が予定されているので、概算で単純計算すると、2・5万円×35回＝87・5万円となる。

私の保険の場合、ごく一般的な生命保険にがんを含む三大疾病をカバーする保険に入っていた。今回のがんへの給付金は40万円。別途、入院時の保障として1日につき5000円が支払われるとある。計算すると、給付金40万円＋（今回の入院費6日分×5000円）＝43万円になる。しかし、実際には保険会社へ提出する書類は、入院が全て終わってから発行されるため、事前に保険金が出ることはない。宣伝文句で「お見舞金としてすぐにもらえる…」というCMコピーは一体どういう仕組みなのだろう…そんな疑問が湧いてくる。いずれにせよ、治療がある程度終わった段階でないと書類にサインはされないということ。従って、がんになって保険で支給されるお金は全て治療後の請求となること。まずは立替をしなくてはいけないということを私たちは覚えておかねばならない。

放射線治療12回目の朝。口の中はドロドロの流動物で一杯の状態だった。

実は朝食のバナナを食べるのに一口1分以上かけて食べていた。そのわけは、喉の奥の食べ物を飲み込むあたりが放射線治療のため火傷状態で、ヒリヒリしているので唾を飲み込むだけでも痛みが走るようになっていた。十分軟らかくなったバナナを飲み込もうと試みるが、流動食状態にもかかわらず飲み込むのが辛い。軟らかいバナナを食べるのに、こんなにも時間を掛ける必要が出てきていた。これからさらに痛くなるのだろうか…。味が分からなくなること自体、食欲を減退させる。それに加えて喉を通る激痛が食べようとする意欲さえ奪い去っていく。ちゃんと口から栄養を摂らなくては…そんなことを思いながら、10分以上かけて朝食のバナナ1本を完食した。

放射線治療を終え、耳鼻咽喉科へと向かう。今日は主治医の定期健診を受ける日だった。食べ物の味がかなり分からなくなっていること。喉の痛みが増していることを主治医に報告する。

「それは治療が効いている証でもあります。味覚の方はどうしようもないのですが、喉の痛みに関しては痛みを緩和するお薬を出しておきましょう。解熱鎮痛剤カロナールという薬です。1日3回、食後に2錠飲んでください。強い薬ではないので、まずは様子を見ましょう。味覚のほうは、治療が終わって2~3ヶ月ぐらいすれば少しずつ回復すると思いますから、しばらくはこのままの状態が続きます。放射線治療35回が終わるまで、もうちょっと我慢が必要ですね」

焦っても仕方がなかったが、味覚を回復させる正しい方法を知っておきたかった。主治医に質問をぶつけた。

「味覚には亜鉛が良いと言ったりしますが、サプリメントで補給してもいいでしょうか？」

「ええ、構いませんよ。ただ治療中の期間、サプリメントでは味覚の改善はなされないと思いますが、治療後の回復には役に立つかもしれないので亜鉛を摂る分には構いません」

放射線で毎日喉を照射すること、つまり喉を焼いていくという治療は自分の体を痛めつける行為でもある。医師への質問を続けた。

「この放射線治療で、これから先どんな症状が起こりますか？」

「首周りの皮膚がただれる場合や、口の中の粘膜に炎症が起こる場合が予測されます」

「喉だけでなく、口の中全体、首の周りもケアしておかないといけないんですね」

「他には後頭部の髪の毛が抜けることもあります。抗がん剤は全体に髪の毛が抜けると言われていますが、それは抗がん剤全部に言えることではなく、抗がん剤の種類・配合によって異なります。今回投与している抗がん剤の場合、髪の毛全部が抜けることはありません。カツラが必要になるようなことはないので安心してください」

抗がん剤と聞くと、全ての髪の毛が抜けてしまうイメージが一般的な常識としてまかり通っているが、投与する抗がん剤の種類や組み合わせの配合によって、それぞれ副作用は異なるというのが正しい理解のようだ。つまり、「抗がん剤」＝「全ての髪の毛が抜け落ちる」というのは間違いということになる。患者側の立場からすると、慰め程度であっても事前に髪の毛全部は抜けないという情報があれば、抗がん剤投与に対してもポジティブな希望を持つことができる。たとえそれが蜘蛛の糸のような望みであっても、自分の髪の毛を保てることはがん患者にとってとても大きなことなのだ。

さらに主治医との会話で分かったことがある。がんに対する放射線治療にも様々な副作用があって、それは照射する体の部位ごとに異なるという点だ。例えば気管支のがんの場合、放射線を当てる場所の影響で「声が出にくくなる」副作用。肺がんの場合は「感染症」のリスクを伴う。食道がんに対する照射では「吐き気」。胃がんの場合は「胃もたれ」。大腸がんは「下痢」。つまり、放射線を照射する場所が違うと副作用もそれぞれ異なるということだった。

一般的ながんについての情報は、健康番組の制作を通じて知っているつもりだったが、今回の自分の治療から本当の正しい知識を知った。自分の体を犠牲にしながら勉強しているようなものだった。副作用については決して派手な情報ではないが、このようなことはがんに関しての基本的でかつ、がん患者や家族にとって一番大切な情報となる。目新しい治療方法などが注目される情報社会において、基本的なことにこそ重要な情報が隠されているのだと感じた。


定期健診の後、気晴らしに向かったのは駅前の本屋。

次回の入院時の友となる本を探す目的があった。「家を建てよう！」そんな見出しの雑誌が目に入る。それは地元の設計会社と施工会社がタッグを組んだデザインハウスの特集だった。建築費用を見ると、東京都内の一般的マンションより割安。これも地方都市の魅力かもしれないと思った。家を建てる…東京で暮らしていた時には、一度もそんな考えを持つことはなかった。土地代の高い東京では、買い替えやすいマンションがずっと自分の住まいだった。しかし、地方都市では持ち家も可能になる。東京を離れれば、そんな夢も実現するのかもしれない。しかし、現実的にがんを治療している自分にそうした未来は果たしてあるのだろうか…。

転移している首筋のリンパにそっと手をやると、突起物がしっかりと指先で感じられた。ビー玉のようにコロっとした感触。およそ3㎝ほどの大きさのこの突起物は自分の命の時間とどう関係しているのだろう…。未来の夢を追いながら、指先からは死という漠然とした運命を感じ取っていた。

突然、襲ってきた副作用
～体は知らない間に侵されていく～

放射線治療を始めて13回目。異変は突然現れた。

いつものように朝一番でシャワーを浴びる。熱めのお湯が粒になって体にぶつかってくる。その刺激で、体は清められていくような気がした。その時…、「熱っ！」と思わず声を上げる。いつものシャワーが火傷を引き起こすほどの熱さに感じられたのだ。首筋を押さえる。どうやら首の後ろの皮膚が火傷のように敏感になっているようだった。「まずい…」すぐさまシャワーの温度を低くして早々に入浴を切り上げた。

バスタオルですぐさま体と頭を乾かした後、鏡を使って首筋の後ろを見る。首の後ろの肌が少し赤くなっているような気がした。放射線の治療中は金属成分が含まれている化粧水やボディークリームは一切使ってはいけないことになっていたので、皮膚のケアはできない。その時、白いバスタオルに付いている黒いものが目に入った。よく見ると、髪の毛の束だった。「やばい…」思わず言葉が出た。40～50本はあるだろうか。一体どの部分なのだろう…。そっと、頭を前方部分からゆっくりと触ってみた。指を櫛のようにしながら、髪の毛の中へ入れてゆく。そして、そっと優しく髪を挟みながら、ゆっくりと引っ張ってみる。抜ける毛は1本もない。さらに指を頭の上へ、そして横へと移動させていく。髪の毛が抜け落ちることはなかった。「もしかして…後ろ?」感じたことのない怖さに襲われる。

首筋へそっと左手を当ててみる。指をそっと広げ、首筋の髪の中へ、毛を分け入るようにゆっくりと潜らせていく。全ての神経を後頭部へ集中させる。指の間で髪の毛をそっと挟み込み、櫛のように頭髪の中を滑らせながら手を取り出した。左手を目の前に恐る恐る差し出してみる。十数本もの黒い髪の毛の束が指の間に挟まっていた。動揺が走った。後頭部はもうダメなのか…。勇気を出してもう一度試してみる。指に絡まる髪の毛。全く引っ張られる感覚はない。しかし、取り出した手の指の間には最初と同じように髪の毛がびっしりと絡まっていた。「もっと、抜けてしまうのか…」不安が一気に自制心を揺るがしていった。腫れている首の左側のリンパとは反対側の首筋から髪の毛に指を絡ませてみた。そっと手櫛を行う要領で髪の毛を掻き分ける。同じだった。左側ほど多くはないものの、抜ける感覚が全くないにもかかわらず20本ほど指に絡まり抜け落ちていた。

「参った…」これ以上、髪の毛を触る気持ちにはなれなかった。このまま放っておくしかない。首筋から後頭部の下にかけて髪の毛が抜け落ちるということは、放射線治療の影響に間違いない。いっそ坊主にするか…。答えのない時間が過ぎた。天に任せるしかないのか…そう思い直して自分を奮い立たせ、13回目の放射線治療のために車を走らせた。

車窓から建物が流れては消えていく。運転中も、髪の毛のことが頭の中から離れない。このまま放射線治療が続き、さらにもうすぐ2回目の抗がん剤も投与される。髪の毛はもっと抜けていくだろう。どうしたもんか…。壊れた古いレコード針のように、自問自答しながら頭の中でリフレインし続ける。

60歳を過ぎて初めて体験した放射線治療の副作用の怖さが増幅していく。理屈ではない不安感が心を圧迫していく。未来へつながる入口も、希望につながる出口もない現実に包まれているようだった。

車のバックミラーに映る治療を開始してから一度もカミソリで剃っていない無精ヒゲの顔。赤信号で止まった際、鏡に近づき眺めてみると、顎の下は伸び放題になっている。顎の下あたりのヒゲを触ると…、何やら不思議な感覚を覚えた。ヒゲを流れに沿って撫でると何にも感じないのだが、逆向きに撫でると、指先でヒゲが跳ねる。白髪混じりのヒゲを引っ張る。衝撃が走った。ほんの軽く引っ張ったヒゲがいとも簡単に抜けたのだ。顎ヒゲは黒かろうが白髪になっていようが、太くしっかりとした毛根を持っている。しかし、このヒゲの抜け方は何なんだ。もう一度、軽く引っ張ってみる。痛みを全く感じずに、白髪混じりのヒゲが指先に付いてきた。

「髪の毛だけじゃなかった…」首筋に放射線を照射しているのだから、ヒゲが抜けるのも当然と言えば当然だ…頭の中ではそう理解できる。しかし、触ったヒゲが力なく全て抜け落ちる現実に、副作用の怖さを改めて思い知らされた。ため息をついた時には、信号は既に青に変わり、後ろの車からクラクションを鳴らされていた。

放射線治療が始まる前、抜け落ちる髪の毛に注意しながらシャツを脱いでいく。上半身を裸になり、照射台の上に横たわる。頭の中は髪の毛のことでいっぱいだった。治療はいつもと同じ手順で進み5分ほどで終わった。今日はこれから放射線科の問診も行われる。

年配の医師が私を待っていた。

「これまでの治療で何か変化はありますか?」

「実は髪の毛が抜け始めました」

「そうですか。放射線治療を首筋に行っているので、照射されている範囲は仕方がないですね。口の中の痛みはどうですか？」

「3日前あたりから食べ物を飲み込む際に少し痛みを感じています」

「痛み止めの薬が処方されていますが、飲んでますね？」

「いや、まだ飲んでいません」

「これからもっと強い痛みが出てくることが予想されるので、今から飲むようにしてください」

医師のその言葉から日々低下する免疫力を補助するためにも事前に薬を飲み、やがて襲ってくる更なる痛みに備えることが大切だと気付いた。


がんと向き合っている患者には、その人を取り巻く生活環境において様々な変化が生まれてくる。心の動揺、経済的な不安、家族間の複雑な人間関係など…、それぞれが課題を持って答えを探しながら現実の治療と向き合っていく。そんな患者たちと対面する医師たちには常に真剣勝負が求められてくる。しかも、患者は様々な知識や情報を収集している。たとえ本人が情報を収集しなくても、家族や友人たちが世の中にあるありとあらゆる情報を提供してくれる。中には現代の化学医療における治療方法を批判したものも多い。そんな情報過多の状態だからこそ、通常以上に医師の言葉や顔色に敏感になっていく。

がんの宣告を受ける側と宣告する側。それは将棋や囲碁に似ている気がする。宣告する側が先手で、宣告される側が後手のようなものだろうか。先手である医師は自分の思い描く棋譜（治療方法）を先手の有利さで実行（説明）していく。しかし、がんの宣告の場合はそれだけでは済まされない。後手である宣告される側は一見受け身の立場に見えるが、実は「納得する」という最終手段を握っている。

先手である医師から与えられる情報を、自分の知識や経験と照らし合わせ、合意するか反論するかを決めていく。医師たちは、具体的な治療方法や検査結果のデータの説明はもちろんだが、医師自身の話し方、目線、仕草、表情の変化、言葉の抑揚、手や目の動き、受け答えする際の呼吸や間の空け方、疑問を投げかけた際の細かな反応に至るまで、様々な変化を注意深く観察される。患者の隣には家族がいる場合も多い。そんな応援部隊も加わって医師の治療方法は吟味されていく。結論は「信用する」、「信用しない」…それが全てなのだ。

何も感じない！ 何も食べられない！
～味覚障害の正体とは？～

日曜日の朝。２日後の火曜からは2回目の抗がん剤投与のため再び入院する予定になっていた。抗がん剤が投与されることを考えると、気分はブルーになる。

気晴らしに久しぶりのデパートへ出かけた。1回目の入院では、１日３８０円で借りることができる「入院パジャマセット」を借りた。毎日交換してもらえるパジャマに加え、バスタオル、歯磨き用のカップ、ティッシュ箱1つがセットになったものだ。結論から言うと、パジャマは自分で用意すべきだと分かった。理由はパジャマの生地。素材がポリエステルのため汗を吸い取らないからだ。今回の入院用にパジャマを2枚買うために寝具売り場へ向かった。

どのパジャマでもいいというわけではない。入院に適したものでなくてはならなかった。例えば、頭から被るタイプのパジャマだと、点滴が始まれば脱ぐことができなくなる。上下一体型だと、点滴をしたまま検尿する際にどうにも勝手が悪い。また、放射線を受けるためには自由に上着だけを脱げなければいけない。となると、前が開くタイプのものがいい。病院内を移動することも多いので、地味な色のパジャマを選んだ。もちろん、汗をきちんと吸いとる素材のものだ。

その後、デパ地下を覗いてみる。地元のものはもちろん、日本全国から取り寄せられた食材が所狭しと並んでいる。ここはデパートで一番元気のいいフロア。「お味見いかがですか！」という甲高い声が飛び交っている。デパ地下に寄ったのは、食材を買うためではなかった。味覚が薄らいだ舌でも「味」を感じられる食材や食べ物がないかを探すためだった。野菜系、肉系、果物、スイーツ、菓子…どんなものでもよかった。とにかく口にして美味しいと感じるもの、いや、そんなものはもうないのだから、少しでも風味を感じられるものであれば何でもよかった。とにかく自分の舌が感じる食材に出会いたかった。

試食できるものは全部試してみるつもりでデパ地下を歩いた。味覚をほぼ失っている以上、わずかに残っている舌の味覚細胞に反応する食材を探し、どんな調理方法なら舌が感じてくれるのかをとにかく知りたかった。

最初に漬物コーナーが目に飛び込んできた。京漬物をはじめとした全国各地のお漬物がずらりと並んでいる。30種類以上はある試食用の漬物を片っ端から味わっていった。白菜、大根、壬生菜、キュウリ、茄子、ハリハリ漬け…。しかし、どれも味がしない。本当に味が分からないのだ。塩分を感じる能力はもう自分にはないのだろうか…。絶望的な気分になっていく。そんな時、口に入れた3つの食材に小さな希望の光を見つけた。

1つは、ごぼうの漬物。口に入れて噛むと、少しだけだがごぼう独特の土臭い香りを感じた。嬉しかった。何はともあれ風味だけは感じる。塩気は全く分からないままだが、確実にごぼうの土臭い独特の味が口の中から脳へと広がった。そして、もう1つの食材は奈良漬だ。口に入れると特有の甘い酒粕の香りが広がる。まぎれもなく奈良漬けだった。ただし、塩気は全く感じない。風味だけが口から脳の中へと伝わるのが分かった。そして3つ目がゴーヤの漬物だった。塩だけで漬けたものだと売り子のおばちゃんが説明していた。ほんのりと塩分が感じられる。塩分に反応する舌の細胞は、まだ生きているということなのだろうか…。放射線の先生が治療前に話していたことを思い出す。

「放射線治療をやると味覚の問題が出てくる方もいますが、その差は人それぞれです」

「出ない人もいるんですか?」

「全く出ないというケースはありませんが、食べ物が不味くなったという方が多いですね」

「舌の細胞が殺されてしまうってことなんですか?」

「放射線で舌の細胞がダメージを受けるので、特に舌の表面にある味覚細胞はやられてしまうようです。ただ、舌のどこかに味覚細胞が残っているようで、味が分からなくなっても、食べ物によっては少し味がするという方もいました」
「その方はどんな味が分かったのですか？」
「食材までは覚えていませんが、何かいつもとは違うものを食べたら、味がしたよと嬉しそうに話していましたね」

放射線科の医師との会話を思い出しながら、ゴーヤをもう一切れ口に入れてみる。すると…噛めば噛むほど苦味を感じてくる。驚きだった。間違いなく苦いゴーヤの味がする！苦みは味覚を感知する味蕾細胞でも下の深いところにあると言われている。だとしたら、表面の細胞は死んでも奥深くにある細胞はまだ生きているということなのか…。ともかく3つの食材に出会えたことで少しだけ希望を持てたような気がした。

他にも、その3つの食材ほどではないが、味をほのかに感じる漬物があったので記しておきたい。「唐辛子の効いたキムチ」は、キムチ独特の香りだけが口の中で広がる。「山葵に漬けてある山芋」は、わさびの香りは分からないが辛さを少し感じた。「黄色い和辛子を身にまとった小茄子」は、和辛子の刺激だけは分かった。とは言え、どれも風味らしきものを感じる程度で、決して美味しいと言えるものではなかった。
漬物売り場も終わりに近づき、緑の粒山椒の入ったちりめんじゃこを最後に試してみる。口に入れると山椒の風味が辛味とともに広がってきた。しかし、食べ物という認識はできない。あくまでも山椒の風味のような感じがしただけだった。

漬物売り場の隣に移動し、今度は佃煮など海藻売り場を回る。海苔の佃煮をもらってみる。口に入れた瞬間、海苔のような、磯のような香りを感じた。だが、全く味がしない。味がしないどころか、ヌルヌルした感触が増すだけで、かえってそれが不味く感じられ口いっぱいに不快感が広がった。我慢して思いっきり飲み込む。冷や汗が出そうな気分になった。塩気が一切ない佃煮のぬめりの感触だけが口の中に残った。海藻類は味覚障害者にとっては危険な食べ物なのかもしれない…。そんな気持ちを持ちながら昆布の佃煮に恐る恐る手を出してみる。これもまた口に入れた瞬間、海藻の香りを少し感じたものの、塩気は全くない。まるでダンボールを食べているような感覚になってしまった。「佃煮は全滅かぁ…」そんな思いで最後に上質の乾燥海苔の味見をしてみることにした。するとどうだろう…、海藻の風味が口の中いっぱいに広がってくる。「旨い…」思わず言葉が口から出る。味付けをしていない海苔は十分に磯の香りや海苔独特の風味を感じることができるということが分かった。

不思議だった。海藻でも塩気を持ったものは全くダメでも、素材そのままの場合は舌が受け入れることができる。同じ売り場にあったもずくも試してみたが、同じだった。味付きのもずくは、一切甘酢の味を感じず感触も不味い。だが、味付けをしていないもずく単品だと磯の風味を感じるのだ。少しずつだが味を感じる食材が見つかっていくことが嬉しくなっていった。

「これも味見していいの？」

「もちろんです」

洋風の食材売り場。世界のチーズを売っていた。

「デンマーク産のチーズになります。どうぞ」

「ありがとう」

早速味見をしてみるが…よく分からない。というより、これがチーズなのか？　そんな思いがこみ上げてくる。この売り場でプロセスチーズからモッツァレッラ、ゴーダチーズ、ミモレット、香りの強い山羊のチーズ。そして臭みが売りのブルーチーズまで味わってみた。その結果、プロセスチーズ、モッツァレッラ、ミモレットは全く美味しくなく、まるで口の中で粘り気のあるペンキの塊を食べているような感触だった。試食用の少ない量とは言え、強引に飲み込まざるを得ないほど不味かった。ゴーダチーズはいくらか塩気のようなものを感じたが、チーズの味は全くしない。山羊のチーズは、口の中で独特の風味、香りは広がったが、ペンキの塊には変わりなかった。それまで試食したチーズに比べたらまだましな方だったが、食べ物と言えるにはほど遠かった。そんな中、ブルーチーズを味わうとブルーチーズ独特の青カビの香りを50％ほどは感じることができたような気がした。「ブルーチーズはまずまずいけるかも！」心の中でそう思いながらも、自分の味覚の中で「塩味」「甘味」「酸味」は完全にやられていることを認識していった。

日本人が好む「旨味」はどうなのかというと、海苔の香りを感じた結果から判断すると、舌にはまだ旨味を感じる力は残っていると思えた。ただ、塩分が一緒に入ると旨味も感じなくなるので、塩気なしの旨味だけを使った調理方法なら、もしかしたら美味しく（ここでは一般に言う「美味しい」という意味ではなく、「食べられる」という意味）感じるのかもしれないと勝手に想像した。

夕方に近づいたためか、デパ地下内が買い物客で混み始めてくる。最後に、スイーツコーナーの試食にトライしてみた。チョコレート、クッキー、和菓子、羊羹、ゼリー…。和洋のスイーツが冷蔵ケースに並んでいた。最初にもらったのは、強い甘さが売りだという外国産の高級チョコレート。そっと口に入れてみる。当然チョコレートのとろけるような甘さに浸れると全身で期待するが…、全く美味しくない。美味しくないどころか、食べ物とは思えない。これこそドロドロの砂を口に入れたような感覚だった。やはり甘味を感じる味覚はもう完全に失われているのだと分かった。

スイーツコーナーではまだ幾つか試食ができるようだったが、甘いものは避けることにして100％カカオのチョコレートに挑戦してみる。まさに「挑戦」という言葉がふさわしいぐらいチョコレートを食べることへ強い恐怖心が湧き上がっていた。とにかく甘いチョコレートは泥のようで不味いという記憶が強く刻まれている中、トライしたのは100％カカオ。こわごわと口に入れてみる。ゆっくり噛んで味わってみると…、何ともない。全くココアの味もしないが、わずかに苦味らしき味は感じられた。ただ、ゴーヤの時の苦味ほどではない。ココアの苦味はどうやら苦味の中でも異なるタイプなのかもしれない。

「クッキー、生クリームの入ったお菓子類はどうですか？」

販売員に勧められるままに手を伸ばして味見する。結果は、ことごとく軟らかな粘土のようで味がしない。こと大学芋に至っては、泥の香りがする粘土の練り物を食べているようで、あまりの不快感で口の中から吐き出すほどだった。

そんなスイーツの中で、少しだけ「味」を感じるものを見つけることもできた。それはほのかな味わいが売りの甘夏風味ゼリーと爽やかリンゴ風味が売りのゼリーだった。この

2つには優しいフルーツの香りが感じられとても美味しく思えた。果物の味も甘さが強くないものなら感じられるということなのだろうか。更に、このコーナーで最も美味しさを感じるスイーツを見つけた。100%抹茶をゼリー状にしたものだ。抹茶の上に甘さを控えた小豆の餡子をかけて食べるものだが、どうせ甘味は感じないので小豆はかけずに食べてみる。抹茶の香りが口いっぱいに広がる。カカオ100%の時でも苦さは感じなかったくらいなので、多分この抹茶も苦いのだろう。しかし、ココアの時とは異なり、抹茶の風味とお茶そのものが持つ甘味だけは感じられた。「これはいい」思わず独り言が出る。デパ地下でこの収穫は自分にとって大きかった。まだ、感じる味が残されているんだ！　このわずかな期待の芽生えが「生きる力」になってくれる気がした。

舌に広がる7500個あると言われる味蕾には、味の感知機能が備わっていると言われている。そこで「塩味」「甘味」「酸味」「苦味」、「辛味」、さらに「旨味」を感じ取る。味覚障害状態である今の私の場合は、「甘味」「塩味」「酸味」はほぼ感じることができなくなっている。「辛味」は刺激的な反応だけをほんの少し後から感じる程度。そんな中「苦味」と「旨味」だけは多少感じることができている。ということは、人間の舌の機能で備わっている味覚の中でも「苦味」と「旨味」は舌の表面部分ではなく、もっと深いところにある神経とつながっているのかもしれない。つまり、人間が進化した過程でより原始的な味覚で、毒を見分けるのが「苦味」であり、原始的な人間の舌に備わった機能は「旨味」だったのかもしれない。

そんなことを考えながら、味覚障害者にとっての美味しい食べ物リスト、食べて後悔する食べ物リストを作ってみた。

＊美味しく感じられるもの

◎苦くローストしたコーヒー・エクスプレッソ（ただし、砂糖とミルクは使わない）
◎緑茶・抹茶（いい茶葉であればあるほど甘味がしっかりと感じられる）
◎お茶類は全てＯＫ（はと麦茶、そば茶、ヨモギ茶、ごぼう茶、ドクダミ茶、びわ茶）
◎甘味料を使わないゼリー（フルーツそのものの香りや甘さが舌で感じられる）
◎野菜や椎茸の出汁スープ（動物系ではなく植物系の出汁で塩や醤油は一切使用しない）
◎海苔、アオサ、ワカメなど（味付けされていないものをお吸い物にする）
◎おこげ（パンやピザの焦げた部分など）
◎玄米・お粥（噛めば噛むほどに甘味や味が口の中で広がる）

◎大根おろし（大根独特の風味を感じられる。ただし醤油は一切使わない）
◎出汁で作った野菜のお浸し（醤油は不要。風味付けとしてゴマはＯＫ）
◎生野菜（シャキシャキした歯応えのする野菜は、よく噛めば野菜の旨味が味わえる）
◎クセのある食材・独特な味わいの食材（ミョーガやシソの葉など）
◎蕎麦湯（香りや風味がとても美味しく感じられる。ただし、めんつゆは一切使用しないこと）

＊食べないほうがいいもの

×焼き魚・煮魚・フライ魚（無味にもかかわらず匂いが魚臭い）
×焼き鳥（タレは全てＮＧ。無味状態）
×海苔の佃煮・焼き海苔・味海苔（味のしない紙や粘土を食べている感じ）
×ブロッコリー（栄養価が高いと言われるが、全く美味しさが感じられない）
×ラーメン・うどん・パスタ（小麦粉を使った麺類は味のしない練り物のよう）
×パン・ナン・ピザなど（麺以外の小麦粉製品もＮＧ。無臭だが粘りのあるペンキのような味）
×ハンバーガー（バンズにも肉にも味がなく、唯一レタスの風味だけがする）
×トマト味・トマトケチャップ系の食品群（酸味と甘味がしないので完全にＮＧ）

×ウスターソース系の食品群（たこ焼き・お好み焼きなどは味が全くしない）
×マヨネーズ・ドレッシング（味が一切せず、食材自体の味も消すので不要）
×煮込み・煮物（醤油や味噌、ワインソースなどに味覚が反応せず、食材の味までが消える）
×酢の物（酸味が感じられないため食材は生のままのほうがよい。ワカメ酢は特にＮＧ）
×ケーキ・生クリーム類のスイーツ（食べないほうがいい。完璧に後悔してしまう）
×パイナップル・パッションフルーツ（酸味が強すぎて喉の奥に痛みを感じてしまう）
×肉類（味付けをしていない肉は食べていないので正確には言えないが、基本的に調理されている肉類には塩味が加わっているため、本来の肉自体の味が全くしない状態となる）

以上がデパ地下歩きをしながら自分の舌で体験した食べ物の分類である。

結論としては、塩や塩分の強い味噌などの調味料を使わず、自然の風味、出汁、あるいは生のままのほうが味覚障害者にとってはいいということ。そして嗜好品なら苦味あるコーヒー、スイーツならケーキ類ではなくコーヒーゼリー系が美味しく感じるということだ。他にもきっと味覚障害を持った人それぞれの口に合う食材や調理方法はあるだろうが、人工的に味を付けたものほど口に合わないと理解しておくといいだろう。

明日から再び入院治療が始まる。体重が減ってきているので食わず嫌いは止めて、病院で出るものはなるべく口に入れ味覚に合うものを探すしかない。体重は既に55㎏を割っていた。

2回目の入院、朝8時30分。病院の受付には既に30人ほどが座っている。その脇を通って放射線治療を行う別棟へと足を進める。通い慣れた無機質な通路。いつものように放射線科の受付で挨拶をして治療室へ入る。放射線の照射はすぐに始まり、5分後には終わっていた。その後、入院の手続きを行う。前回と同じ入院フロアへと向かう。途中、血液検査の部署の前を通ると、検査人数186人、待ち人数46人と表示された電光掲示板が目に入ってきた。朝の9時30分。今の現時点で186人の血液検査の申し込みがあり、そのうち46人が「検査待ち」ということだ。長椅子には家族に連れられてきた老人たちが列をなし、静かに自分の順番を待っていた。

地方都市の病院でこのような状況だ。東京や大阪だともっと大人数が検査待ちの状態だろう。日本全国で朝のこの時間に血液検査をする人数は一体どのくらいいるのだろう…。これもまた長寿の国・日本の毎朝の決まった風景に違いない。「ピンピンコロリ」という言葉があるように、病院通いをせずに一生を終える生き方が一番いい人生なのかもしれない…そんなことを考えながら4階にある入院フロアへ向かった。

受付に行って名前を告げる。窓口の看護師から個室の準備ができていると言われる。希望通りに個室が取れるのも、大都市にはない地方都市のメリットだった。


2回目の入院ということもあって、病院内での時間の過ごし方には少し慣れていた。個室なのでテレビは自由に観ることができるが、娯楽番組を観たいとは思わなかった。刻々と変化する自分の体のことを書き留めたり、読書や囲碁ゲームをやることで時間を潰した。囲碁は大学時代にやっていたが、久しぶりの対局型の囲碁ゲームは普段使わない頭を使うためか心地よかった。負けが込むと俄然やる気も湧いてくる。入院患者は脳を動かしていないとどんどん気が滅入ってしまう。ゲームは精神衛生上いい遊び道具なのかもしれないと思った。

ゲームも一段落し真新しいパジャマに着替え、鏡に近づき自分の顔をしげしげと見た。鼻の下、顎のあたりにある変化を見つけた。ヒゲ剃りもしていないのに、ヒゲがほとんど抜けている。顎の下の長めのヒゲもほぼ抜け落ちていた。口ヒゲがわずかに残る程度だ。わずかに残されたそんなヒゲでさえ、指で軽く引っ張ると、まるで花びらのようにハラハラと抜け落ちる。もうヒゲを剃る必要さえなかった。

後頭部のあたりに手鏡を当ててみる。首周りの髪の毛は相変わらず抜け落ちている状態だ。手で髪の毛を触ると痛みもなく抜け落ちてきた。入院してからは櫛やブラシはもちろん、手で髪をかき分けることもしていない。髪を触ると抜けるという怖さが常にあった。鏡の前で、やつれた姿をじっと見つめる時間が日課のようになっていった。

今回の入院治療スケジュール（6日間の予定）も、1回目の入院時と同じだった。月曜から金曜までは毎日放射線治療を行いながら、月曜と火曜、週2日間は尿量のチェック。入院3日目（水曜）が、抗がん剤の投与日となる。4日目（木曜）から6日目（土曜）午前中までの2日半の間、腎臓の副作用を抑える点滴が続く。前回の抗がん剤投与の経験から、自分自身に起こる体の変化については大まかに想像できていた。そこで今回の入院前に主治医にある希望を出していた。

「今回の入院に際して、何か気になることがありますか？」
「前回、抗がん剤投与後に便秘気味になったので、事前に便秘薬を処方してもらいたいのですが…」
「問題ありません。大丈夫です。他にも何か希望はありますか？」

「これも抗がん剤投与後ですが、前回しゃっくりがひどくて、胃が押し上がってくる感じになるので、しゃっくりを事前に抑える薬をもらえないでしょうか？」

しゃっくりと言っても、普通のしゃっくりとは違う。日中はもちろん、夜中でも襲ってくる大型のしゃっくりなのだ。しかも、一度に3～5回連続で込み上げてくるのでかなり厄介だった。一定の間隔ではなく、連続して襲ってくる。その際には胃や食道で痙攣を起こすほどの不快さを感じた。吐き気とは異なるが、それに近い感覚だった。夜中の場合はもっとひどい。眠ることもできずに、ひたすら鎮まるのを待つしかなかった。そんな強烈なしゃっくりを事前に少しでも抑えなくては入院生活が辛くなってしまう。そんな患者の小さな願いを主治医は優しく受け止め、コントミン50㎎という小さな錠剤を処方してくれた。

35回の放射線治療の中盤、一番大切な時期。果たして2回目の抗がん剤は自分の体に出来た咽頭がんに効果的に働くのだろうか…。不安と恐れが心の中で渦巻いていた。

味覚障害の本当の苦しさ

朝4時。目は覚めていた。

今日は朝6時から副作用を抑える点滴が始まり、4時間続く。10時から抗がん剤の点滴となり、その後、再び副作用の点滴が夜8時まで続くスケジュール。

ベッドを出てトイレへ行き、備え付けの計量カップで尿の量を測る。部屋に戻ると、照明にさらけ出された白い枕カバーを見て驚いた。髪の毛が30本ほど抜けていた。ここまで抜け落ちているのは初めてだった。鏡の前に立って、後頭部の下周辺を見てみる。全体は長い髪で覆われてはいるが、明らかに首筋周りの分量は減っていた。そっと髪の毛を触ってみると、たやすく7~8本の髪の毛がハラハラと抜けていった。その時、床に落ちている髪の毛が目に入った。よく見ると床のあちらこちらに自分の髪の毛が散らかっている。40~50本はあるだろう。それらを1本ずつ指でつまみ上げ、ゴミ箱へ捨てた。

放射線治療が始まると髪は抜けると聞いていた。しかし、現実を目の当たりにすると、どうにもならない不安が襲ってくる。これからまだ半分以上も治療期間が残っているというのに…。一体、どうなっていくのだろう…。底知れぬ恐怖が私を包み込んでいく。

ふと鏡に映っている自分の顔を見て思わず顔を近づけた。あれっ？　これは？　鏡に映った顔に、シミのように薄かったはずのホクロが黒く濃くなっているのを見つけた。他の箇所も、さほど黒くなかったシミがホクロのように大きくなっている。抗がん剤治療でシミも大きく成長するのか…。顔色は日焼けしているわけではないが、血色の悪い土色の肌を

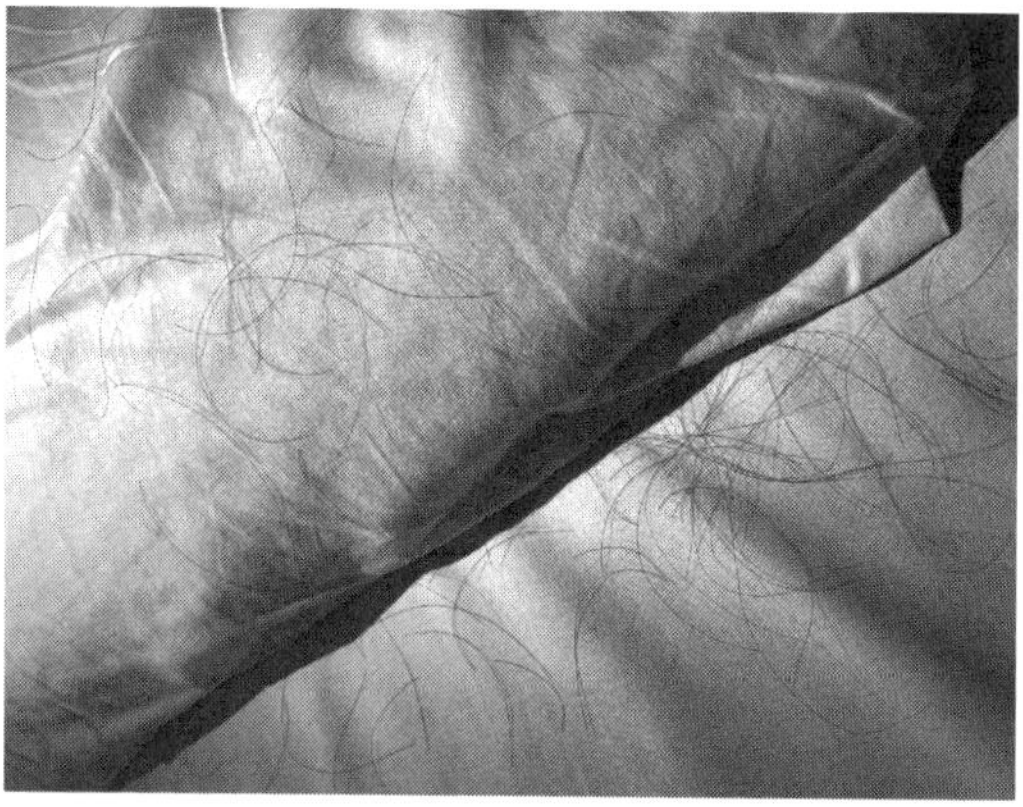

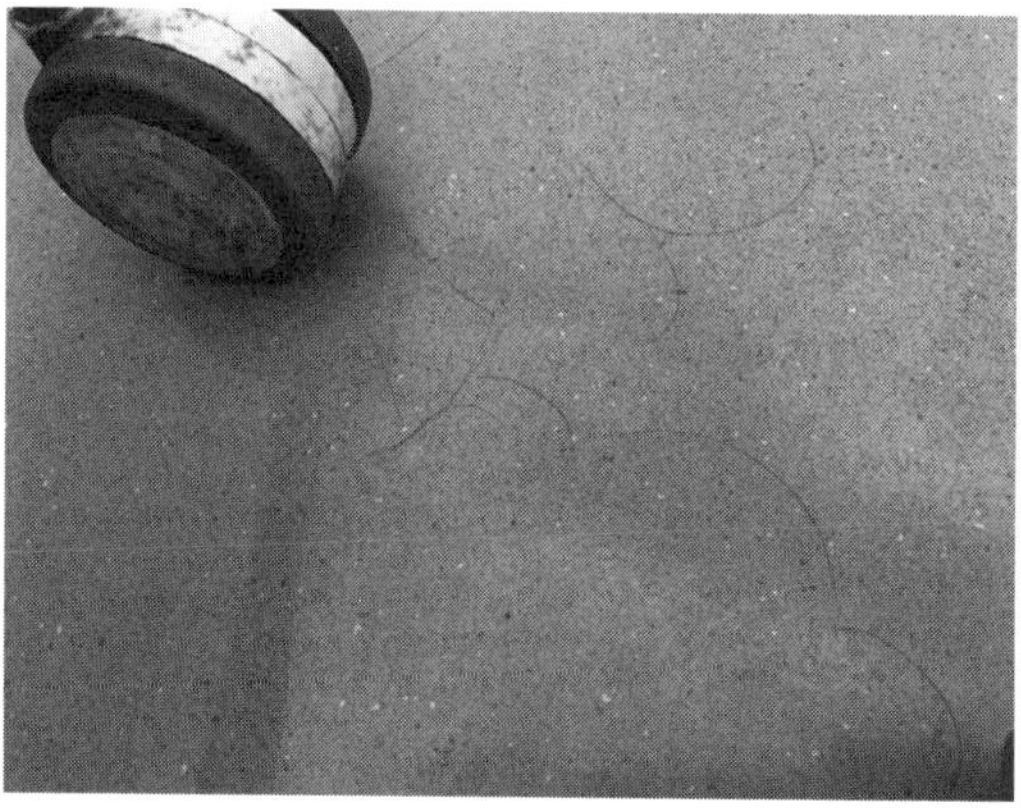

上：枕に付いた髪の毛　　下：床に落ちた髪の毛

している。放射線を浴びている首の周りも、肌色ではなく日焼けした褐色になっていた。治療前に火傷のようになるかもしれないと言われていたが、既にかなりのダメージを浴び始めているのは間違いなかった。体重も減り顔色も悪くなっているので、全体にかなり老けたように見える。鏡は今までと違う自分を映し出していた。

明日は放射線治療18回目。化学療法と肉体との戦いはまだ道半ばなのだ。

朝6時。腎臓機能の副作用を抑える点滴が始まった。

8時30分。点滴器具を腕に付けたまま、放射線治療のため別棟の施設へ向かう。採血検査の場所にはいつものように沢山の人がいる。電光掲示板に表示された順番待ちの人数は88人。2階の吹き抜けの部分から総合待合室を見下ろせる場所を通ると会計には既に30人ほどが列を作っていた。

10時。いよいよ抗がん剤投与が始まる。特別な痛みがあるわけではなく、通常と同じように点滴スタイルでの投与だ。唯一異なるのが、点滴が赤い色のビニール袋で覆われている点だった。抗がん剤であることがはっきり分かるようにしているのだろう。

毎回の点滴交換で気付いたことがある。それはバーコード管理だった。左手首には患

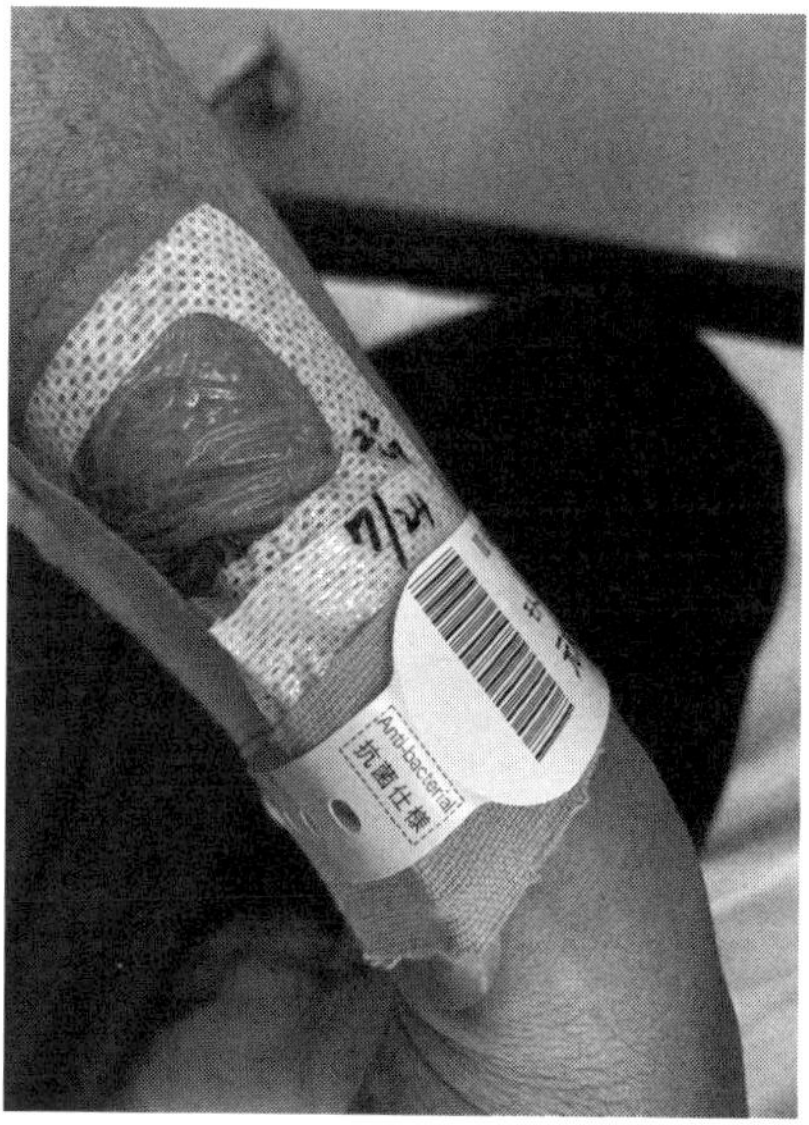

抗がん剤を点滴されている腕（バーコード管理）

者の個人認証用のバーコードが付いた紙が巻かれてあり、点滴にも全てバーコードと氏名が記されている。そこには判子を押す欄があり、取り扱った担当者の名前を明確にしている。絶対に誤りが起こらないために2重、3重のチェックがなされていた。大きな病院であればあるほど、このような安全管理チェックが各所に活かされているのだと感じた。

入院中の自由時間は長い。本を読んだり、囲碁ゲームをやっているだけなので、時間はゆっくりと過ぎていく。抗がん剤投与は12時に無事終わった。そこからは再び、腎臓機能の副作用の点滴に差し替えられる。この点滴は夜8時まで続く。腎臓は人間の器官の中で言うと浄化作用を司る場所だ。いわばフィルターのようなもので、1日あたり150ℓ以上の体液を、浄化したり排泄したりしている。当然ながら、その機能が停滞すると毒素が体に溜まることになる。人はこの体の機能をどうやって手に入れたのだろうか…。進化のメカニズムは、本当に神の領域のような気がした。

午後、栄養士が部屋を訪ねてきた。

食事で残す量が多いことを気にして足を運んだのだという。まず自分の味覚障害のことを素直に話した。その後、過去に栄養士が経験した味覚障害症状について尋ねた。

「みんな少しずつ違う障害を持っていたようです」

一例を聞いてみた。

「ミネラルウォーターが飲めなくなった人もいますね。炭酸水なら飲めると言って、ずっと炭酸水を飲んでいました。他には、味付け調理をしたものは一切口にすることができなくなった方もいましたが、その方の場合は刺身だけは食べられるということでした」

一概に味覚障害と言っても、色々な症状があるということだ。ただ、基本的に味付けしたものはダメで、味付けしていないものは食べられるというのは共通している。自分の場合も、調理したものが苦手で醤油や塩を使っていないものなら食べることができたからだ。

味覚以外の症状についても聞いてみた。

「放射線治療のせいで喉の痛みがあるために、固形物を全く食べられなくなった人は多いですよ。色々と調理方法を変えてサポートしていきますが、なかなか喉に通すのが辛いようなので苦労します。もちろん調理する側は、患者の方それぞれの希望に応えるようにしているのですが、なかなか食べてもらえないので大変です」

病院の裏方とも言える栄養士の仕事内容に興味が湧いたので、どのように入院患者たちを観察しているのかも尋ねた。

「一人一人の食べ残したものを全部チェックしているんですよ。残しているものを見て、摂取カロリーを計算し、好き嫌いを予測し、不足している栄養素を把握していくんです」

改めて大変な仕事だと思った。きめ細やかな対応をしなければいけない医療現場の見えない努力。このような栄養面のサポート体制にも様々な配慮がなされているのだ。

栄養士の方と話をしながら、ふと思ったことがある。

現時点で自分自身は味覚障害者になっている。塩味、甘味、酸味はほぼやられている。しかし、苦味と旨味はまだ少しだけ感じることができる。今後の栄養補給のことを考えていくと、既に失われてしまった塩味、甘味、酸味は私にとって鬼門の味付けとなる。苦味は栄養素にはほぼ関係ない。となると残るは旨味だ。この旨味だけを使った主食を摂ることさえできれば、栄養面は補えるのではないだろうか…。出汁を有効に使った調理方法を探すことができれば、肉体的衰弱から逃れられるのでは…そんな考えが頭をよぎった。

ともかく栄養をつけるにしても、美味しさを感じる工夫が必要だ。料理は嫌いではない。海外勤務の時代には毎週日本食パーティーの料理番をやっていた経験もある。これからは食べた経験のある食材の味を思い出し、色々な組み合わせを想像する「空想料理教室」を頭の中で開いてみようと思った。時間がある入院中だからこそ、空想を楽しみながら、がんと決別できるように味覚障害者向けの食材選び・旨味を使ったレシピを一つでもいいから見つけたいと思った。

夜8時。ようやく今日の点滴が全て終わる。

しかし、体調はどこかスッキリしない。吐き気のようなものではないが、モヤモヤした嫌な感覚を胸元あたりに感じるのと、多少の疲労感だった。

看護師が点滴を外しに病室を訪れた。点滴の器具と腕についているチューブが切り離され、腕とつながっているチューブ側に血液が固まらない薬品が注入される。スーとした冷たい感触が体の中に入ってくる。切り離されたチューブは丸められ、ネットで包み、腕全体がガーゼでカバーされた。寝ている間も点滴の針は付いたままだが、これなら問題なく寝返りもできるようだ。このガーゼの上にビニールを被せ、粘着シールで塞ぐと、シャワーにも入れる。看護師の手際よい処置を見ているだけで気は紛れていった。

就寝の時間。一人病室の天井をじっと眺める。色々なことが頭に浮かんでくる。人はどうして生まれてくるのか…。人はどうして生きていくのか…。人はどうして死んでいくのか…。答えのない問いについて考えているうち、いつの間にか寝ていた。目が覚めた時は尿検査の時間、午前3時前になっていた。

尿がかなり溜まっている…そんな感覚が下腹部にあった。すぐさまトイレへ向かう。500㎖用のビーカーでは足りないかもしれない。2つのビーカーを手に持ち用を足す。予想は正しかった。1つ目のビーカーが尿で溢れかえる前に、一旦途中で尿を止め、もう1つのビーカーに差し替え、尿を出しきった。計測の結果は、872㎖。大量の尿が溜まっていたことになる。点滴をやっているので量が多いのは仕方がない。ともかく、尿が出ることは体にもいいことなので喜ばしい結果だった。

ベッドに戻り、再び眠りにつく。ようやく放射線治療19回目を迎える。自分の体の中に宿ったがん細胞との闘いは根比べのようなもの。抗がん剤や放射線治療を受けるとがん細胞も小さくなっていくが、同時に自分の肉体も弱まっていく。現実に自分の体が弱くなっていく感覚を全身で感じていた。今も体のどこかは分からないが、妙な感じがずっと続いている。痛みではなく何らかの変化が体の中で起こっている感じだった。自分自身の細胞を強引に殺すのだから、体にダメージがないわけはない。目に見えぬ不安を抱えながら眠りについていた。

朝6時30分。採血が行われる。抗がん剤投与後の血中の状態の確認、特にヘモグロビンや白血球の数を調べる目的だった。その後、19回目となる放射線治療を行い、部屋に戻ると耳鼻咽喉科の定例検診へ向かうよう促された。今日は主治医とは別の医師が担当だった。

「どうです？　体調は？」

「少しだるく感じます。何だか変な感じがして、昨夜は胸焼けのような症状もありました」

「お口の中を見ましょうか？　あ〜と言ってみてください」

「あ〜」

喉を震えさせると、ペンライトで光が当てられた。

「小さくなっていますね。いいと思いますよ」

「本当ですか？」

「ええ。リンパの方も見てみましょう」

両手で首筋に手を当てながらの触診。

「これも小さくなっていますね。元々4㎝ほどだったはずですが、3㎝くらいには縮んでいるようですね。このまま治療を続けていきましょう」

医師の声には喜びが感じられた。それが素直に伝わってくる。ただ、自分の体の中では何かが変化し始めている。体に感じるこの違和感はどうすることもできなかった。

病室に戻り、転移していたリンパ部分を触って大きさを確認してみる。確かに小さくなっている。入院してから怖くてリンパを触るなんてことはしていなかったが、治療前はとんがったビー玉のような形だった。そのとんがった形状はほぼ消え、薄い楕円のような形になっている。抗がん剤と放射線の化学療法が効いた結果に違いない。そう思いながらも、一方で体の変化が気がかりだった。

細胞は全ての細胞とつながっている。化学療法の薬も体全身に行き渡っている。ということは、がん細胞以外にも影響があるということだ。鏡に映る自分の顔を見ながら首の後ろに手をやり、髪に指を絡ませた。指に絡んだ髪をそっと引っ張ってみる。なんの抵抗もなく髪は抜け落ちた。もう一度やってみる。同じことだった。もう抜ける感触さえなかった。放射線や抗がん剤ががんに効いているのと同時に、体全体には別のダメージが広がっているに違いない。そう思いながら、もう一度小さくなった首筋のリンパを触った。

「このままどうなるか様子を見るしかない…」

一人つぶやいた。

その日の午後。主治医から退院についての話があった。

「治療の結果は良好だと聞いています。今回の入院では、今週土曜日の午後2時まで点滴があるので、それ以降の退院になりますね。喉の具合を確認しましょうか」

そう言ってペンカメラを持ち、口を開けるよう促す。「あ〜」という声を発声しながら検診が行われた。鼻からカメラの付いた管が入れられ、撮影は30秒ほどで終わった。

「最初の診断の時の写真と比べてみましょう」

主治医はモニターに撮影した順に写真を3枚並べていった。

「これが最初に撮影した時のもので、2枚目は先週撮ったもの。そして今撮影したものです。最初は、喉の奥が全く見えない状況でしたが、被さっている部分が小さくなり、今日の写真では喉の奥まではっきり見えています。いいと思います」

素人の目にも明確な変化だった。

「これは予定通りの結果と言えるのでしょうか？」

医師がどのような予測をしながら治療計画を練っていたのかが知りたかった。

「ヒトパピローマというウイルスが確認できていたので、効果は期待していました」

「そのウイルスがいなかったら難しかったのですか？」

「ヒトパピローマというウイルスのことは、まだ正確に分かっていません。ただし、統計学上このウイルスを所有しているケースでは、化学治療は有効的に進むという報告が出ています」

地球上にはまだ知られていないウイルスが無数にあるという。どんなウイルスがヒトの敵となり味方となるのか…。そんなウイルスの研究は世界中で行われていると聞いたことがある。私たちは微生物に冒され、同時に助けられてもいる。つまり共生しながら生きていることになる。

「退院は明日、土曜の夕方で大丈夫です」

主治医は笑顔で力強く言った。その明るい声に勇気をもらえた。やはり病は気から…なのかもしれない。支えてくれる力が生きるエネルギーになるのだと感じた。

時間は夕方の5時近く。2階の吹き抜けから見える総合受付に、ほとんど人は並んでいなかった。病室に戻る際、血液検査の表示板の前を通った。表示板には本日血液検査を行った人数は422人と記されてあった。

明日の夕方には退院する。順調と言えば聞こえはいいが、気分はあまりよくなかった。ここ3日間便通もない。普段便秘とは無縁だったので、お腹がかなり重たく感じる。前回

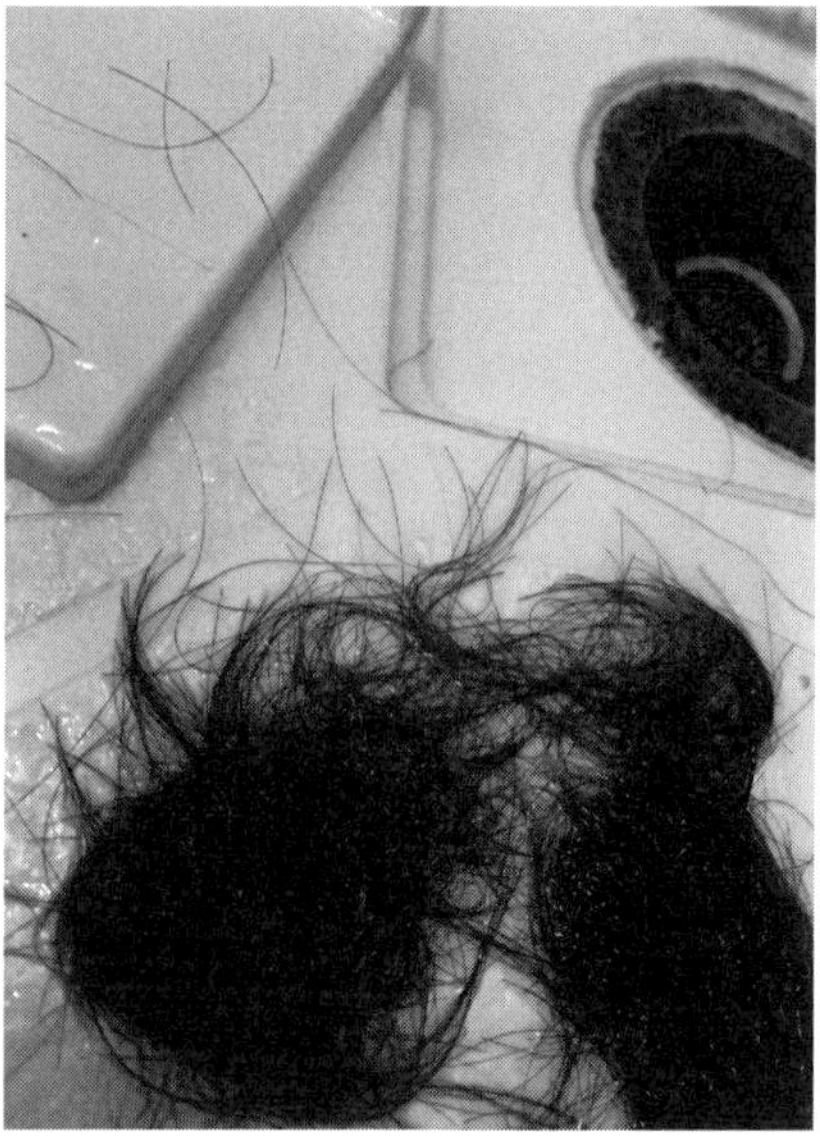

浴室で髪を洗った後に抜け落ちる大量の髪の毛

の経験では、退院後便秘が改善されるまで5日かかった。今回も同じような日数がかかるのだろうか。少量の食事とは言え、体内に3日分の食事が蓄まっている。できることなら早く出してしまいたい。とにかく、今は水分補給を心がけ快便を待つしかなかった。

個室の中にあるシャワー室に入り、ぬるめのお湯でシャワーを浴びる。シャワーを浴びるのは3日ぶりだった。恐る恐る髪の毛を洗っていく。すると、髪の毛が指にまとわりつく感触がした。しかも大量の髪の毛だ。またか…。そっと指に絡まった髪の毛を指から取り除きながら、頭を少しずつ洗い流していく。強くゆすぐことができないので、シャワーの流れに逆らわないようにシャンプーを流していく。しばらくすると何かねっとりしたものが背中を伝わっていく感触がした。足元には髪の毛の塊が溜まっていた。100本以上はあるだろうか…。さらに背中からはどんどんと黒いものが流れ落ちていく。

とてつもない不安が押し寄せてくる。これからは洗髪するのを週に1回程度にすべきか…。でも、季節は夏。そんなことは言ってはいられない…。足元に広がった大量の髪の毛を手で拾い上げ、シャワー室を出た。

朝10時。抗がん剤の副作用を抑える入院最後の点滴が始まる。点滴時間は4時間。これでようやく第2期の入院治療が終わる…そう思っただけで安堵感が湧いてきた。ただ、今日もまだ便通がない。もう4日目になる。お腹のあたりが重く体調はすぐれなかった。

定期回診のアナウンスが流れ、点滴を付けたまま耳鼻咽喉科の診察室へ向かった。今日が退院前最後の定例健診。既に8人が廊下に座っていた。そのうち点滴をしているのは3人。廊下の反対側には形成外科の回診の列が出来ていた。腕や手首を包帯で巻いている2人が座っていた。

点滴を付けたまま耳鼻科診察の列に並ぶ。強烈な匂いにすぐに気付いた。味覚障害のせいで、鼻が異常に敏感になっているのかもしれない。実は嗅覚は入院前よりもかなり感じやすくなっていた。食べ物の匂いだけでなく、色々な匂いに反応しやすくなっている自分に気付いていた。今回感じた匂いは、初めて嗅ぐ匂いで、かなりの異臭だった。がんの研究分野でも「匂い」から判別する方法があるというが、この匂いはもしかして…がん？

あるいは、単なる体臭？ あるいは口臭なのか…。あれこれ詮索しながら、もしかしたら自分からも同じ匂いがしているのかも…そう思った瞬間、匂いの出所を探すのを止めた。形成外科の列から世間話をする声が耳に入ってくる。２人が明るく話をしていた。それに対し、私の座っている列は無言のままだった。わけもなく虚しさがこみ上げてきた。

脳が食べ物を受け付けない！
～体重激減、摂食障害が続く日々～

第2期の入院治療がようやく終わった。

ベッドを片付けながら、今回の入院から退院までの間で嬉しかったことを一つ思い出していた。というのは、前回の入院ではとめどなく出てきたしゃっくりだったが、今回は、しゃっくりが出ないようコントロールできたのだ。前回経験したあの不快さとさよならできただけでも嬉しかった。入院してから毎日、しゃっくりを止める効果のある柿のヘタエキスを飲んでいたことも効果的だったのかもしれない。退院後もまだ5日分は残っていたので、このまましゃくりを止めるためにも飲み続けようと思った。

唯一、気がかりなことと言えば、排便がないことだ。食べている量自体がかなり減っているので、お腹に痛みまではないものの、とにかく不安だった。退院時に下剤の薬も調合してもらっていたので、飲んではいるが果たして効き目はあるのだろうか…。家にいればリラックスできるはずだから、きっとそのうち出るだろう…そう楽観的に考えるしか不安を抑える手段はなかった。

「さぁ、家に戻ろう」

自分を奮い立たせるように言葉を出して病室の扉を閉めた。来週から放射線治療20回目を迎える。残すところ15回だ。外に出て空を見上げると、すっかり夏の空が広がっていた。暑い…そう感じながらも、汗が出ない体になっていた。


1週間ぶりの自宅。

久しぶりにぬるめの風呂に入る。髪が抜ける後頭部にはお湯がかからないようにしながら、湯船でゆっくりと体を伸ばす。自分の体がお湯から透けて見える。あばら骨が浮き出ていた。10kg以上も瘠せた体をただぼんやり見ていた。髪の毛は軽くシャンプーする程度で、入浴を終わらせた。

濡れた髪を注意しながら乾かす。前髪部分から後頭部にかけては、タオルを押し当てるだけにしてみたが、何度か繰り返した後に白地のタオルを見ると、髪の毛がべっとりと絡みついていた。三面鏡の前にある手鏡を手に取って後頭部を見てみる。病院にいる時は手鏡を持っていなかったので、頭の後ろの部分を見ることはできなかった。恐る恐る後頭部のあたりへ手鏡を持っていく。映っていたのは、まるでカミソリで剃ったようなすっきりとした白い皮膚だった。その白さにドキッとしながらも、少しホッとした。髪が抜け落ちていたのは後頭部の下のほうだけで、上半分にはまだ髪が残っている。頭の毛を半分剃ったような感じだった。

「ちょっと変だけど、夏だからいいか」

自分を慰めるようにつぶやいた。

これでもまだ治療は半ば。これから始まる後半戦にどんなことが起きるのだろう…。未知の領域に対して言葉にできない不安…。自分では何もすることができない不安…。そんな気持ちを掻き消すように外へ出かけ、近くのファミレスへ向かった。退院を祝ってくれる友人との約束があった。ずっと病院食だったので、何か美味しいものでも食べたいと自分でも思っていた。もちろん、食べることができれば…という条件付きだ。味覚の確認をしながらの食事になるので、安価で選べるメニューが多いファミレスは今の自分には丁度よかった。

「凄いね！」

友人が驚きの声を上げた。

目の前に並んだ幾つもの皿を見て、メニューを読み上げる。

「クラムチャウダー、トマトスープ、オニオンスープ、煮込みシチュー、海老のアヒージョ、ガーリックトースト、シーフードカレー、クミンライス、アボカドサラダ。それに、ハンバーグ」

「こんなに沢山！　ファミレスだから、まぁいいか！」

「とにかくどれが口に合うのか、どんな味がするのかを確かめないといけないんだよね？」

私の状況を知っているので、会話も楽だった。

小皿に取り分ける。もちろん私の分量は味見優先なので少量にした。まず味わってみて、食べられるものだけを再度つぎ足すという食事会が始まった。一通り口に入れた後、味覚障害者である私から品評会を始める。味が分かる人間にとって、味覚障害の味の批評を聞いても意味がないかもしれないが、がんの治療者にとっては、この味の感想は貴重な情報になるはず…そんなことを説明した上で解説を始めた。

「口の中で味を感じる機能が落ちているから、どれも美味しいとは言えないんだけど、オニオンスープ、ポタージュはちゃんとそれなりの味がするね。もちろん塩気は感じないから薄味の野菜スープってとこ」

「トマトスープは？」

「トマトの酸味の味が全く分からない。分からないというよりも、砂のスープのような感じ」

トマト系の味は全く受け付けないことを説明しながら
「ここにあるケチャップを舐めてみようか」

そう言ってテーブルに置いてあったケチャップを取り出し、スプーンで舐めてみる。全く味がしない。甘味も全くない上、気持ち悪い味としか言いようがなかった。とにかく不味い感覚だけが口に残る。

「トマト系は味覚障害には完全にダメ。だから、トマトパスタもオムライスも、トマト味で煮込んだものも全滅かな」

「舌で味が分かるものはなかった？」

「クミンライスは不思議なんだけど、クミンの味がしたよ。多分、香辛料系にはまだ舌が反応できているのかな」

「香辛料は感じるってこと？」

「カレーは、辛さだけは何となく分かるんだけど、塩気も感じないし、カレー独特の深みのある美味しさは全く分からない」

「たくさんの香辛料が混ざっているから、判別しにくいんだね」

「カレーも不味いとしか言えないかな」

「アヒージョは？」

「ガーリックの風味は匂いで分かるし、食感も海老ってことは分かるよ。ただ、ニンニクの味はほとんどしない。鼻で美味しさの香りを楽しめる程度ってとこかな」

「じゃあ、ガーリックトーストは？」

「香りの強いニンニクや香辛料は脳の中で記憶している味覚が何となく蘇るって感じ。ただ、パン自体が問題で、超不味い粘土の塊を食べているような味。口の中に入れると吐きたくなるよ」

「パンは全くダメなんだ」

「サラダは生なら問題ない気がする。ただ、ドレッシングはかかっていても酢の味もしなければ、塩気も感じないので、かかっていないほうが食べられるかな。とにかく塩気に対する反応がないので、レタスやキュウリとか生野菜だけのほうが旨く感じる。でも、アボカドだけはネチャネチャした粘土みたいで、完全にパスしたい食材かな」

「アボカドが粘土に⁈」

「茹で卵は、卵独特の匂いがして、匂いで卵だって分かるけど、黄身の部分は、あまり美味しくないね。ネチャネチャする感じでアボカドに近いかな」

「塩も醤油もダメなんだから、黄身をそのまま食べても美味しくないし」

「マヨネーズもソースもダメだしね。ただ、白身の部分はそのままでも白身独特の味を感じるからＯＫ！」

「なかなか難しい味覚だねえ」

一般の人が味覚障害者の食材批評を聞いても役には立たないかもしれないが、ともかくがん患者で味覚障害になった人たちは何を食べることができて、何を食べることができないのかを、自分自身で体験し理解しておきたかった。

一体どんな食材が味覚障害者には適しているのだろう…。きっと味覚障害者の舌にも反応する食べ物があるはずだ。ともかくそれが何なのかを知りたかった。ファミレスの試食会の結果はどれも無残な酷評で終わったが、単純に生野菜や、茹でただけの海老、クミンのような香辛料には舌が反応しただけでも収穫だった。

結論としては、野菜はそのまま生で食べるほうがいい。海老や魚介類は茹でる、あるいは塩を使わずに香辛料だけで焼くなどすれば、少しは味を感じることができる。がんの治療によって味覚障害になっても、美味しく食べたいという気持ちは残っている。その気持ちが失われないうちに、口に入れることができるものを早く見つけることが大切なのだ。

がん患者が味覚障害になり、その結果、「摂食障害」ということになるのが一番怖いことである。味覚障害になると全てが不味く感じるので、「食べること」への意欲が失われる。そうしているうちに摂食障害になってしまう。摂食障害になると、食べることを脳が拒否するので「拒食症」となり、回復する体力を失い、死に至ってしまう。つまり、脳が「食べること」を否定し始めると、がんという病気を超越し、自らを死に至らしめてしまうという負のサイクルが待っている。だからこそ、がん患者にとって、脳が食べる意欲を持ち続けることはとても大切なことなのである。

今回のがん治療の結果、味覚障害になったことで起こる最大のリスクは、食べ物に対する拒否反応が脳内で起こることだった。何を食べても脳が美味しく感じないので、脳は「もう食べたくない」→「食事拒否」→「体重減」→「抵抗力の低下」→「器官の活動低下」…こんな悪循環と私は闘っていた。「体重が減る」という事実がどんどん加速する。最初の入院時から10kgマイナスとなり、12kgマイナスへ、そして気が付けば15kgもマイナスになっていた。もしこのまま減っていくと「血圧低下」「低血糖」「栄養失調による感染症」「貧血」「骨粗しょう症」「さらなる脱毛」「皮膚の乾燥」…幾つものトラブルが体を襲ってくるだろう。

がん治療を行っている私にとって、摂食障害は何のプラスにもならない副産物だった。そうならないためにも、脳が食べてもいいという指令を出すレシピや食材を見つけることが急務だった。そんな食材たちとの出会いがなければ、完全に摂食障害になってしまう。早く美味しく感じるものを見つけたい。それが見つかりさえすれば、少しずつでも食事の幅を広げていけるはずだ。食べ物に対してどんどん否定的になる脳に、元の状態を取り戻すキッカケを見つけたい。「食」こそががん治療者にとって何よりも重要なことだと感じていた。

出口の見えない舌と脳との闘い
～食べることが嫌になっていく日々～

夜中に目が覚める。2時過ぎだった。無性にトイレに行きたくなったからだ。そんなことが繰り返し起こり、その夜は4回も目が覚めてしまった。毎回尿意はあるが、ほんの少しだけの量しか出ない。もしかしたら、昨日まで点滴をしていたせいなのかもしれない。そんなことを思いつつ、いつの間にか朝を迎えた。

体重を量ってみる。昨夜、寝る前には55kgジャストだった。針は53・6kgを指す。ということは、およそ1・5kgの水分を尿として出したってことなのか…。もう一度確かめるように体重計を見るが、同じ数値だった。一晩で1・5kgほど減ったことになる。かなりの点滴が体内に溜まっていたということなのか…。

治療半ばの状態について、医師から聞いた話だと、体自体が修復作業を試みているという。特に、がんのあった喉の部分は、がん細胞が解体されながら、新しい細胞で修復していっている…そんなイメージの過程にあるらしい。その際に必要になるのがタンパク質とのことだった。だから、体内に新しい細胞を作り上げるためにもタンパク質を十分に摂らなくてはいけないと言われていた。

買っておいた栄養補助飲料を冷蔵庫から取り出し口にする。決して美味しい飲み物じゃないが、不味いなどと言っている場合ではない。とにかく体の修復を早く確実に行うためにも栄養を積極的に摂らなくてはいけなかった。ただ、これからの食事は、毎日が不味さとの戦いなんだと理解していた。しかし、そんな簡単なものではなかった。何やら喉に今まで以上の痛みを感じる。何かが違う…。喉が焼きついてしまったのか…。放射線治療の後半には、喉の痛みが火傷のように強くなるかもしれないと聞いてはいたものの、この痛みは何だ。風邪を引いた時に、せき込んだ後の喉の痛みに近かった。この痛みはもっと悪化するのか…。これからどんな風に痛みが増していくのか…。不安を打ち消すよう喉の痛み止めの薬を飲んだ。当面は食後2錠ずつを飲みながら様子を見るしかなかった。

次から次へと体の変調は起こってくる。体の感じはいつも以上のだるさが残っていた。体全体に倦怠感があると言ったらいいのか、とにかく何かしっくりしない。自分で体を起こすことさえも億劫に感じられる。抗がん剤の投与で白血球が少なくなっているせいなのか…。今までに経験したことのない倦怠感が体を支配し始めていく。自分の体はどこまで持つのだろう…。大きな不安に襲われる。「でも、治療は半分終わったんだ。ここまで来た以上、あと15回、3週間で治療は終わる。もう少しだ…」心の中でそうつぶやき、気弱になる自分にエールを送った。

退院後の体調は芳しくなかった。倦怠感、嫌悪感、そして、軽い頭痛が続いていた。とにかく、早く就寝し体を休めるしかない。疲労感のせいか、目を閉じるとすぐに眠りに落ちてしまう。ただ、倦怠感は睡眠で治ることはなく、次の日も続いた。朝、スッキリと起きられない日が繰り返される。

味覚の方はというと、ますます味を感じなくなっていた。味覚障害と喉の痛みが一層ひどくなっていることも、体調の不快さを増す原因の一つだった。数日前までは多少味らしき感覚があったのだが、今ではその感覚すらない。どんなに甘いゼリーでさえ、味も風味も全く判別できない。さらに悪いことに、食事を目の前にしても、どうせ味なんかしないんだ…と考えるようになると、「食欲」は頭から消え去り、食べること自体が億劫になっていく。こうして体はますます痩せていった。

脳はどのように人間の欲望をコントロールしているのだろう。例えば今の自分の場合、食事という行為に対して、「楽しみ」という気持ちは完全に消え去っている。こうなると食事はある種の拷問だった。食べなきゃいけないという思いだけで、喉の痛みをこらえながら無理矢理口を開ける。食べ物というよりも、単なる固形物を口に入れ、ドロドロの液状になるまで咀嚼する。その状態になって初めて喉の奥に入れていく。それもかなり強引に入れないと入っていかないので「食べるんだ！」と自分に言い聞かせるようにして飲み込む。途端に激痛が走る。こうして食べ物は火傷をした喉を通過していく。まさに拷問だった。脳は、舌から味の感覚が送られてこないため「これは食べ物ではなく毒である」という判断を行い、「直ちにその毒を吐き出せ」と指示する。その吐き気を乗り越えながら食べ物を飲み込んでいくので、脳は全く満足感を得ない。こんな繰り返しをしながら「食欲」というものは消失していった。

それは不思議な感覚だった。食事への期待が摘み取られるにつれ、もはや「食べ物」は「固形物」に過ぎず、食事は「苦痛」でしかなかった。当然食べる量も減る。体重は既に40kg台に入っていた。痩せ細っていく体を見ながら、どうにもできない自分がいた。

どんなにあがいても出口の見えない不安。まだ治療期間は半分残っている。なんとか栄養を摂らなくてはいけない。そう思いながらも、口に合うものが見つからない。自分への苛立ち。しかし、いくら自分に怒っても何も生まれない。ともかく栄養補給のために、病院から勧められていた市販の栄養補助食品を取り入れ凌ぐしか手はなかった。ビタミンやタンパク質などの栄養が入っているものから、高機能のベビーフードなどを買い揃えた。多分、どれも不味いのだろう…。そう思いながらも、これ以上体力が落ちるのは危険だ。強引にでも食べなくてはいけない。いつまでもこのような状態を続けていてはまずい…。そんな想いが交差する。

夏の空を仰ぐと、電線に止まっているツバメたちが小さな子ツバメたちと仲良く燕尾服を整えていた。旅立ちの日が近いのだろう。真夏の暑さはもう峠を越えていた。

放射線治療25回目。

食べることが難しくなっていく中、固形物はほとんど摂っていなかった。便通もほとんどない状態がずっと続いている。お粥や補助食品を摂ることで、体重は47kgで止まっていた。とは言え、毎回の食事は砂や粘土のようで不味い。「これは薬なんだ！」と言い聞かせながら、我慢できる範囲までを食べた。今の自分にとって、食事はもはや苦痛の時間だったが、どんなに不味くても3口までなら何とか我慢できた。そんな時はいつも自分の脳に食べる前から、これから「不味いもの」を食べるんだということを言い聞かせる。

「食事」＝「薬」なんだと、脳に思い込ませていく。一旦、食事は薬だと脳が理解してしまえば、口に入れるものがどんなに不味かろうと、体は何とか受け入れてくれた。でも、このままでは食事の時間がますます嫌になっていくに違いない。

早く食事が摂れる方法を探さなきゃいけない。ともかく応急的にできることとして、おかずは小さな器に盛る程度にして、品数を多くした。食べる量が少ないと、たとえ砂や粘土のような味がしても、何とか喉を通すことができた。食べるというより飲み込むと言ったほうがいいかもしれない。ご飯も同様で、お茶碗に2口分程度の量にした。そうすれば、吐き気を感じ始める3口目の手前で終わるからだ。箸で2口程度の量にする工夫で、少量のものなら完食できるようになった。

飲料のほうはと言うと、水さえも妙な味がする状態になっていた。ゴクゴクと飲むことができず、我慢しながら飲むという具合だ。ジュース類はあまりの不味さに一切受け付けなかったが、緑茶と牛乳だけは飲むことができた。そこにタンパク質を補強する赤ちゃん用の栄養粉ミルクを混ぜて飲むようにした。それを1日3杯飲むことで、最低限の栄養は摂取できる。自分のようながん患者には、とにかく少しの量でもいいので複数の食品から栄養を摂れるようにする工夫しかなかった。

色々な食材から栄養を摂り始めていくと、体は正直なものですぐに結果が出てくる。疲労感は和らぎ、体力も回復しているように感じられた。自分の体の変化を通じて、人間の体にとって食べ物の栄養は欠かせないものなのだと改めて感じる。特に、がん患者で味覚障害に陥ってしまっている時こそ、栄養を不快感なく摂取できる方法を見つけることが体力回復の鍵になる。多くのがん患者の中で、私と同じように味覚障害で悩んでいる人たちが大勢いるはずだ。それに加え喉の痛みや口内炎がひどくなると、食べ物を全く口に入れられなくなる。その場合は点滴を行って栄養を補給することになるのだが、栄養はできる限り自分の口から摂取することが望ましいに決まっている。医師も点滴は最後の手段として、できるだけ自分の口から栄養を摂取するように…と指導しているが、がん患者の味覚障害に対して、どれだけの人がその実態を理解しているだろうか。

当事者になって初めて分かる食事の問題、摂り方、栄養の組み合わせ方、口にしやすい調理方法…。私自身ががんになり、味覚障害になって初めて分かったことだが、がん治療から派生する味覚障害に関しては、もっと多くの人に知ってもらうことが大切だと思う。食事を摂ることさえできれば、きっと体は応えてくれるに違いない。出口の見えない未来を変えるのは「食事」だけなのだ。

人は「脳」で食べている

〜救世主はコーンフレークとキシリトール⁉〜

放射線治療26回目。

鏡で痩せ細った自分の姿を見ていると、タンパク質やビタミンを含んだ機能性飲料だけでなく、もっと固形物としての食事も摂らなくていけない…そう思えてくる。でも、どうやって食生活を変えればいいのか…。その答えは一つしかない。砂や粘土のような味がしない食材を見つけることだった。何とかして毎日口にできる固形物、食材を見つけなくては…。しかも、無理なく食べることができるもの…。家の中にストックされている食べ物を漁った。これは違う、これはダメ。これもきっとダメだ…と仕分けしながら、あるものを手に取った。

もしかしたら…、そんな思いで少し味わってみるために、冷蔵庫から牛乳を取り出し注ぐ。コーンフレークだった。無糖のものと玄米のコーンフレーク。それに甘味のついたコーンフレークの3種類があったが、まず、無糖のコーンフレークを味見した。牛乳で少し軟らかくなったコーンフレークをスプーンで恐る恐る口に運ぶ。するとどうだろう。あのコーンフレークの味が感じられたのだ。嬉しさが込み上げてくる。牛乳の味には元々違和感はなかったが、ともかくコーンフレークの味をコーンフレークとして味わうことができる。どんな食材も口に入れると不味く感じる中、コーンフレークの味だけはちゃんと認知できる。味覚障害以前と変わらない味だった。「ついに見つけた！」

　甘いコーンフレークも試してみる。既に甘さは味覚として全く感じないので甘さには期待していなかったが、どういうわけかコーンフレークそのものの味まで消えてしまった。やはり、甘味が加わると味が失われてしまうということなのか…。結果、砂糖付きのコーンフレークは却下。玄米フレークとグラノーラも味わってみたが、最初に食べたコーンフレークの風味よりもかなり劣っていた。

食べる喜びと栄養をくれたコーンフレーク

　とにかくシンプルな無糖のコーンフレークが一番美味しい。言葉では説明しにくいのだが、限りなく美味しいのだ。ただ、食べ方には注意が必要だった。というのは、普通に牛乳を注ぐ食べ方には変わりはないが、通常よりも時間をかけてより軟らかくすることが大切だった。これで喉を通る際の痛みを軽くすることができた。さらに改良点として、コーンフレークと牛乳の中に乳児用のパウダー状になった機能性補助栄養剤を加えた。これでビタミンやタンパク質といった栄養素を高めることができる。この日から、コーンフレークが大切な食生活の基盤となった。

ここで一般的なコーンフレークの場合の栄養について記しておきたい。

1食分（40g）。代表的な栄養価を記すと、エネルギー151kcal、タンパク質2・0g、カルシウム48mgなど。そこに牛乳を加えることで栄養価はさらに上昇。エネルギー151kcal→288kcal、タンパク質2・0g→8・8g、カルシウム48mg→275mgという具合になる。コーンフレークと牛乳を組み合わせるだけで、基本的な栄養素はもちろん、他の栄養素、例えば鉄、炭水化物、ビタミンA、B1、B2、B6、B12、C、葉酸なども摂れるので、栄養素的には問題はない。

それにしても、60歳を過ぎてコーンフレークが自分の一番の主食になるとは思ってもみなかったが、味のない食事から解放される喜びは大きかった。乳児用のミルクパウダーの他にも、アレンジとして、乳児の発育栄養機能性麦芽「ミロ」やビタミン豊富なドライフルーツ（干しブドウ、ブルーベリー、イチゴ、イチジクなど）を加えてみた。すると、その栄養価は1回100gの粉末当たり、エネルギー474kcal、タンパク質14・3g、炭水化物59・5g、さらに各種ビタミン類（ビタミンA、B、C、D、E、K）をはじめ、葉酸、カリウム、カルシウム、鉄、マグネシウム、リンに至るまでの栄養価を補うことができた。この食事を朝食と夕食のメインにすることで、毎回食事をした感覚も生まれ、脳の満足度も得られた。

コーンフレークの味を感じることができたことは、とても大きな発見だった。コーンフレークを食べることができるようになっただけで、口から食べているという食の喜びも感じられるようになり、心の中で湧き起こる不安感も和らいだ。コーンフレークとの偶然の出会いは、これ以上体重が落ちない大きな力になるに違いないと思った。

コーンフレーク中心の食生活に変えていくと、不思議なことに食欲も少しずつ湧いてきた。一緒に卵1個も必ず摂るよう心がけた。もちろんそれまでも我慢しながら卵を食べることはできたが、やはり我慢しながらなので毎日食べようとは思わなかった。しかし、コーンフレークと出会ってからは、「もっと食べなくちゃいけない」という気持ちが強くなり、卵料理でも色々と調理方法を試してみるようになっていった。

まずは、茹で卵。どういうわけか、茹で卵の白身部分の味は判別できた。治療前と同じ味がする。そのまま食べても白身そのものなので、違和感なく食べることができた。問題は黄身のほうだった。塩や醤油もマヨネーズも試してみるが、それら調味料一切の味を舌は受け付けない。仕方がないので、黄身はそのまま薬と思って食べることにした。そうは言っても1個の黄身全てを食べるのはかなり厳しく、自分が耐えられる量として黄身半分を2回に分けて食べるようにした。

続いて、目玉焼き。目玉焼きの場合の白身も、問題なく白身として食べることができた。もちろん塩も醤油も使わない。黄身の部分はというと、焼き固まってしまうと、茹で卵の黄身と同じでかなり不味い。それならと思い、黄身部分を固く焼かないトロトロの目玉焼きを作ってみた。黄身の部分をスプーンで一気に口の中に入れる。トロトロなので口の中で一気に溶け出す。味はよく分からないが、液体状なので決して食べられないものではなかった。こうやって食べると1個の卵を残さず1回で食べ切ることができた。

そのような試行錯誤を繰り返しながら、徐々に自分の食事パターンが定まっていった。コーンフレークを摂り始めて以降、疲れやすかった体も少し良くなってくるのが分かった。体重も49kg台まで戻った。面白いことに、コーンフレークのようなものでも固形物を毎日口から摂取できるようになったことで、「食」に対する脳の状態も安定してきた気がする。

それまでは口に入れては吐き捨てることが連続していたので、脳内は不満だらけの状態だったが、こうして食べることができるようになっていくと、食べた後もまた食べようという気持ちになる。それは不思議な体験だった。

口の中でモノを噛み、喉から胃に入れていく…そんな当り前の「食べる」という行為は、人間の脳を満足させるためにとても重要なことなのだと今回の自分自身の経験でよく分かった。味覚障害になって初めて、「脳」と「食べる」という行為の不思議な関係が見えたような気がした。

放射線治療27回目。

コーンフレークを取り入れてから日々の食事は何とかできるようになったが、もう一つの問題は喉の痛みだった。ヒリヒリする痛みは増すばかりだった。

このままだと本当に喉の痛みのせいで何も食べることができなくなるかもしれない…。そんな不安がよぎる。摂った食事を飲み込む喉の痛みに対して、何かいい方法を見つけなければいけない。幸い口の中に口内炎はまだできていない。しかし、早めに手を打たなければ厄介なことになってしまう気がする。喉の奥の部分は既に火傷状態。四六時中ヒリヒリしている。その状態を少しでも緩和する方法はないのか…。

27回目の放射線治療を受けた段階での喉の症状は次のような状態だった。

・常に喉が乾燥する（水を飲んで喉を潤しても、すぐに乾燥してしまう）
・ただの水でさえ、化学薬品的な味に感じられる
・唾液はほぼ出ない
・少しの唾液でも飲み込んだりすることが自由にできない
・朝一番の日課は、喉の奥に溜まった唾液を吐き捨てることから始まる
・唾液をコントロールできないので、溜まった唾液を吐き出すことが何度もある
・喉に溜まっている唾液を吐く際には、かなりの激痛を伴う

放射線治療を毎日続けて30回目を目前に、舌の細胞、味蕾はかなりのダメージを受けているに違いない。喉も焼けただれている。それに加えて味覚障害もある。唾液腺をコントロールする機能も失われているため、口の中は常に砂漠のように乾燥している。少しでも唾液を自然に出すことができるようになりたい…。そんな思いで、のど飴を舐めたり、お茶を飲んでみたり、歯磨きやうがいを何度もやってみた。様々な試行錯誤を繰り返した結

果、ある効果的な方法を見つけた。

それはキシリトールガムを噛むことだった。ただ注意点がある。通常のキシリトールガムはグリーンミント系が主体になっていて、火傷状態の喉にとっては劇薬のような刺激物だった。ス～ッとする刺激が、喉を突き刺す痛みになる。あまりの痛さでガムを噛むどころではない。しかし、キシリトールガムの中でも刺激の少ない味があるのを発見した。それはピーチ味。もちろん、多少の刺激は感じるが、ミント系とは全く痛みのレベルが違う。少しピリピリと感じる程度だった。ピーチ味のキシリトールガムを噛んで最初の刺激を感じる数分を超えると、ひたすらガムを噛み続けることができた。1時間、2時間、3時間…。1個のガムを最低3時間は口の中に入れておくことで、唾液がいつも以上に出るようになり、その結果、口の乾燥も和らいだ。

喉の乾燥は感染症に対してとても危険な状態となる。こんな体でウイルスなどがもし喉に入るとすぐに感染してしまう。何よりもがんの治療中に風邪など引いたらどんなことになるか想像しただけで恐ろしかった。ともかく、咽頭がんの治療においては、喉の痛み以上に唾液が出なくなる状態にも注意し、ガムなどで予防対策をしていくことが大切だ。

食べ物を口にできるようになってからは、体調の方も良くなり、多少の元気も出てきた。

放射線治療の際に技師の方に思い切ってあるお願いをしてみる。

「すみません。今日の放射線治療の時に自分の病気治療の記録ということで、写真を撮ってもらいたいのですが…ダメですか？」

「いいですよ」

技師は快く引き受けてくれた。

「もう二度とこの治療は受けたくないので、その記憶としてこの治療台の上で…」

途中までそう言いかけて言葉を濁した。放射線技師たちにとって「この治療を受けたくない」という言葉はかなり嫌味に聞こえたかもしれない。ただ、それは本音だった。

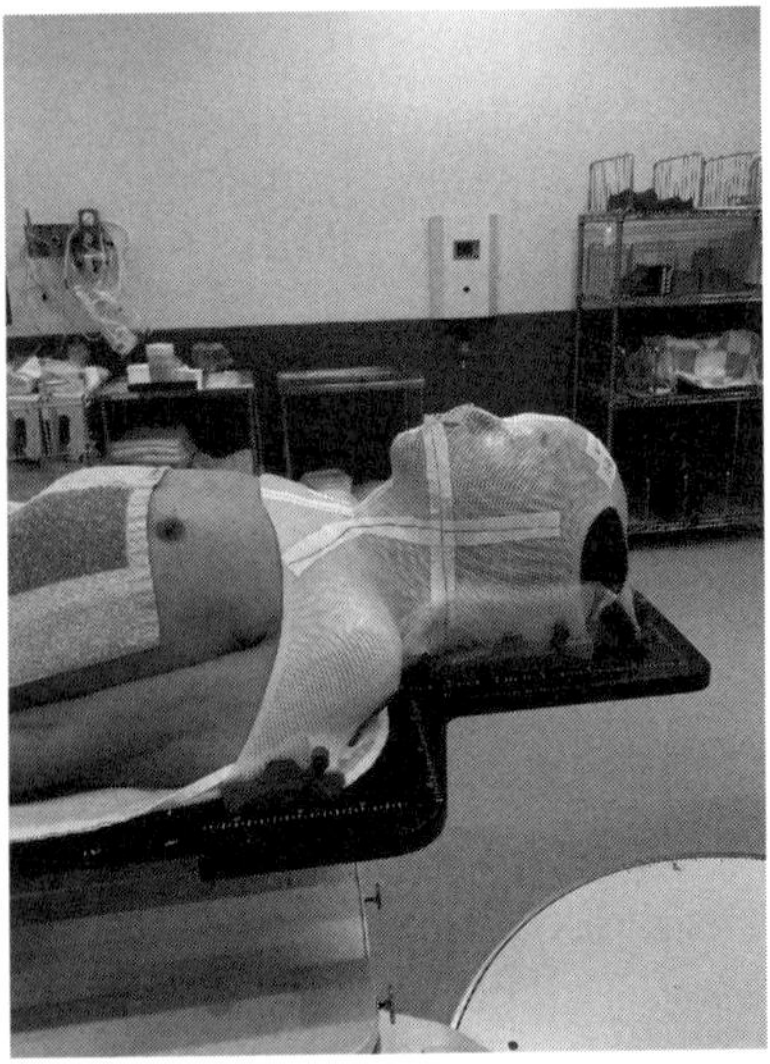
放射線治療が始まる前の様子

「記念にこのマスクを持って帰る方もいるんですよ。治療が終わったら破棄しますから」
「この治療をまた受けなくてはいけない場合も多いのですか？　同じ場所や、別の臓器だとか…」

病気の再発率がどのくらいかは分からない。しかし、何気に始まった会話の流れから、つい再発の質問を投げかけていた。放射線の技師たちは、どのくらい再発による再治療について把握しているのだろうか…。

「同じ場所の放射線治療に来る方はいません。放射線で再治療をする場合は、全く違う場所に転移した場合になります。そのような方はもちろんいらっしゃいます。それも近い場所ではなく、全く違う臓器に再発するケースですね」

同じ場所、つまり今回の私の場合は咽頭部分が放射線治療の部位に当たるのだが、同じ咽頭に再発の可能性は少ないということだ。35回の放射線治療を咽頭部に行う治療計画によって、喉の部分には最大レベルの放射線が照射され咽頭部周囲のがん細胞は死滅してしまう。問題は転移だ。がんが全く違う場所に転移してしまう可能性はどのくらいあるのだろう。5年後の生存確率は66・4%。国立がんセンターが公表しているその数値が私の頭の中をよぎった。

この日の血圧はいつもよりも低かった。上が86、下が63。2回測ってもらったが、あまり変わらない。

「少し低いようですね。立ちくらみとかはありませんか?」

看護師が尋ねた。

「今朝、横になった状態から立ち上がる時に、ちょっとフラッとしました」

「じゃ、食事をしっかり摂るようにしてくださいね」

摂食障害による低血圧…そんなことが頭に浮かんだ。やはり食事というのは、人の体にとって基礎的な栄養を摂るのに大切なことなのだ。やはり「食べること」は「生きること」だと思った。

採血検査も行われた。午後、血液検査結果を聞きに担当医師のところへ行く。血圧も低くなっているので、どんな診断になるのか少し心配だった。

「調子はどうですか?」

「あまり食べることができなくて痩せてきました。ただ、シリアルは食べることができたので、それを食べるようにしています。それ以降、食事のほうは少し安定し始めました」

「血液検査の結果を見ると、腎臓の数値が少し下がっていますね。この夏の暑さで水分補給が十分じゃないのかもしれませんね。今日は、点滴をしておきましょう」

診察室の奥にあるベッドへ通された。看護師の説明を聞いた後、点滴を受ける。2時間半ほどの時間をかけた点滴だった。疲れのあった体は随分楽になった。点滴一つで体の調子が変わる。でも、やはり食事で栄養を摂るしか、本当の意味で体調を良くする方法はないと思えた。きちんと食べることさえできれば、きっと内臓器官も良くなるはずだ。コーンフレークと牛乳、卵だけで毎日を凌いでいるが、毎日同じものばかりだと当然栄養が偏ってしまう。基本的栄養素はキープできているはずなので、プラスで野菜や肉を摂らなくてはいけない。でも、問題は不味くて食べられないものを、どうやって食べる気持ちに変えていくのか…その一点だった。

点滴をしている2時間半の間、ずっと食べ物や調理方法のことを考えていた。どんな食材を、どんな調理方法で料理すれば脳が美味しく感じるのか…。どんな食材を組み合わせたら、粘土の味にならずに食べられるのか…。頭の中で議論が堂々巡りをした。新しい調理アイデアを出しては、否定されていく。甘味も塩味も酸味も分からない現実に調理イメージだけでは、どんなレシピもひれ伏してしまう。きっと頭の中は、不味い体験で侵され始めているのかもしれない。普通は旨いものを考えるだけで「喜び」を感じる脳が、もはや旨いはずのものでさえ否定してしまう…という具合だった。そんな脳には、実体験として旨く感じるものを直接与えるしか「喜び」を回復させる方法はない。

脳の中に出来上がった食事を否定する壁。その壁に対抗する手段としては、脳に「これは美味しい！」と新たに感動させるしかない。脳が絶対に美味しく感じる食材や調理方法はきっとあるはずだ。その答えは自分で見つけるしかないと思った。

黒く色付く肌　より激しくなる副作用との闘い！

～焼けるような喉の痛みに限界が近づいていく～

どのくらい時間が過ぎただろうか。点滴を受けながら、天井をじっと見つめていた。少しの間、眠っていたのかもしれない。時計の針は昼過ぎを指していた。午前の慌ただしい診察時間も終わり、静けさが漂う病室で一人横になっていた。

不意に首筋に痒みが走る。虫に刺された時の痒みのような感じだった。放射線治療を受ける前に、皮膚の炎症のことは聞いていた。この痒みも放射線治療で皮膚が炎症を起こしたせいなのかもしれない。痒みのある部分には極力触れないようにして、せいぜい上から撫でる程度で痒みを抑えるようにした。放射線治療の副作用として、肌のただれを起こす人もいるという。季節は夏だが、私自身もう1ヶ月以上も化粧水やクリームといった顔や

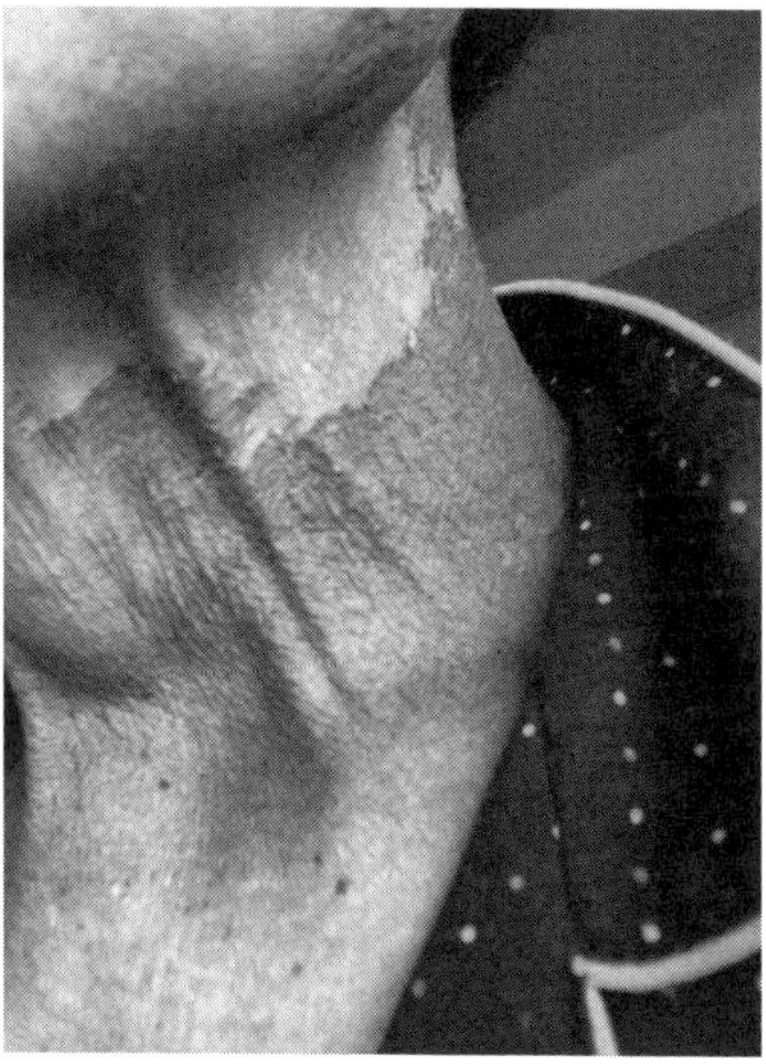

放射線治療の後半、焼けただれた首周りの皮膚

肌に関わる化粧品は金属成分が入っているため一切使っていなかった。

鏡を見ると、顎から喉にかけて日焼けしているように見えた。シミもかなり増えている。以前、気付かなかった小さなシミもいつの間にか成長し、ホクロのようになっている。ホクロ部分を触ってみると表面はザラザラしていた。肌の状態は放射線を浴び続けた結果、高い山に登った時に紫外線で焼けた皮膚のようでもあり、スキー後の日焼けした肌に近い感じだった。しかし、もし肌の弱い人だったら、痒みや皮膚炎など、様々な肌トラブルも一気に起こるのかもしれない。まさに今の状態は放射線治療によって起こる火傷だった。

本来は肌の手当が必要になる。ところが、肌に化粧水や乳液を一切使ってはいけないので、肌はどんどんダメージを積み重ねていくことになる。それに加えて夏の強い日差しを浴びれば、皮膚はさらにダメージを受ける。だから外出する際は首筋への直射日光を避けるため、いつも薄いスカーフを巻くようにしていた。今の私にとって、首にダイレクトに射す日差しが及ぼすダメージは計り知れない。まだ8回の放射線治療が残っているので、少しでも肌トラブルには対処しておく必要があると感じた。首筋あたりは軽度の火傷状態で、まるで南の島で日焼けしたように今までに経験したことがないほど黒い肌になっていた。

変化は肌の色だけではなかった。

昨日から喉の奥は今まで以上の痛みが走っていた。喉は完全に火傷状態。口の中はカラカラに乾燥している。唾液は今まで以上に粘度が高く、吐くと粘り気の強い真っ白いものが出るようになっていた。喉の痛みで、夜中や夜明け前に目が覚めることもあった。扁桃腺を痛めたひどい風邪と同じ症状だった。真夜中に喉の痛みをこらえながら喉の奥に溜まった唾液を吐き出す。激痛が走る。それを一晩で最低2回は繰り返すことが日課になっていた。吐いた後は、うがい薬で口の中を消毒し常温の水で水分補給をする。喉の痛みは最高潮に達していた。唾を飲み込む際にも、心を決め、喉に力を入れて一気に飲み込まないと飲み込めない。喉だけでなく、奥の方までヒリヒリと四六時中痛む。処方されていた痛み止めは飲んでいたが、効果はさっぱりなかった。食事を食べる際は、とにかくよく噛んでドロドロの流動食状態にまで持っていき、一気に飲み込む。少しでも固形状態だと飲み込むことができなくなっていたからだ。もし、これ以上の痛みが出た場合、果たして食べること自体できるのか…自分でも分からない。

放射線治療は、あと8回残っている。これからが最後の山場なのだ。主治医との会話を思い出した。

「これから3度目の抗がん剤治療に入る準備をしていきます。ただ、腎臓の状態が良いことが条件になるので、ともかく水をよく飲んでトイレに行って尿を出すように心がけてください」

「腎臓の状態が良くないと、どうなるんですか？」

疑問を医師にぶつけた。

「抗がん剤治療は延期となります。数値を見ながら、治療の計画を見直していくことになります」

「今回の治療計画の場合、延期するようなことが起こったりするでしょうか？」

「3度目の抗がん剤治療に関しては、個人差が一番出てきます。同じ治療方法でも60％の方しか計画通り3回目には入れません。特に、夏の季節ということもあるので、水分補給に気を付けて、腎臓の機能をできる限り良くしておくように努めてください。そうすれば大丈夫です」

主治医は力強く言葉を締めた。

これから予定されている3回目の抗がん剤治療。60％しか予定通り進まないというデータ。果たして予定通りの治療に入れるのかどうか…。全ては自分の体調次第だった。仮に抗がん剤治療に入れた場合でも、その先、どんな障害に襲われるのか分からない。大きな不安を感じながら、あと8回の辛抱だ…そう自分に言い聞かせた。

喉の激痛に耐え「脳」が喜ぶ食を探す
～漢方にそのヒントがあった～

放射線治療28回目。

いよいよ来週から3度目の抗がん剤投与に入る。

「最後の抗がん剤か…」

今までの治療期間は長いようで短い時間だった気もする。治療期間の3分の2が終わったことで、もう少しだという安堵感も湧いてくる。

そう思った瞬間、すぐに現実の壁に叩きつけられた。急激な喉の渇きと激痛に襲われる。どうしようもない痛さにただ耐えるしかなかった。それに伴い体調も悪くなり力も出ない。髪の毛は抜け落ち続けていく。抜ける割合は以前よりも減ってはいたが、毎朝30本程度は枕元に落ちていた。手で首の後ろ側の生え際から後頭部のまだ残る髪の毛の中へ指をそっと入れてみる。すると産毛もないようなツルツルした頭皮の状態が指の感触で分かった。

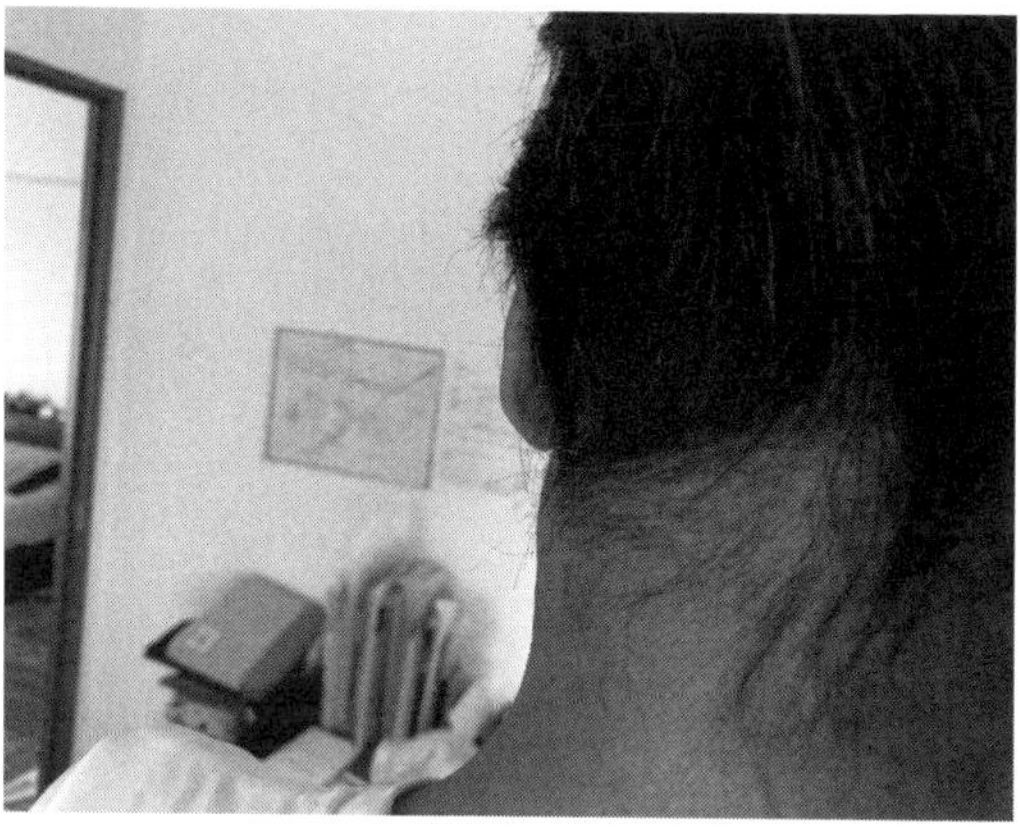
髪の毛が抜け落ちた後頭部

見た目の変化としては、首の皮膚は、真っ黒に焼けた日焼け状態というより、ドス黒く焦げた色でカサカサ状態になっていた。痒みも少しあったが、日焼け止めの塗り薬や市販の肌用クリームには金属成分が入っているため一切使えない。皮膚炎症の場合には、効き目の弱い非金属成分の薬を使って痒みを我慢するしか方法はなかった。
この皮膚炎症も放射線治療による副作用だとい

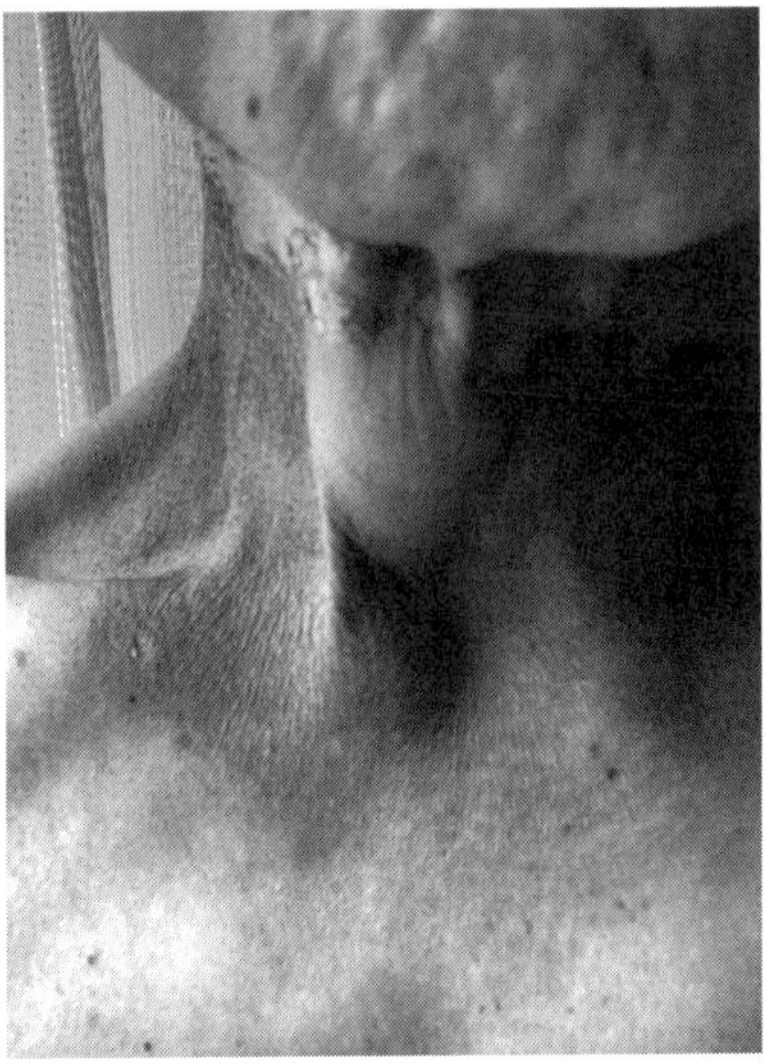

唾も飲み込めないほど痛む喉

うことを、がん患者の家族の方々は知っておいたほうがいいだろう。がん患者が経験する放射線治療。その痛みを共に分ち合える家族の存在は、がん患者本人にとって何よりも力となる存在なのである。

最終段階の治療を続けている間、最も辛いのは喉の痛みだった。治療を振り返ってみると、放射線治療を受けて10回目までは何ともなかった。それ以降、痛みが徐々に出始める。それが日々治療を重ねる度に急速に増していく。

歯磨き粉のスッとさせる成分でさえ、喉の奥をヒリヒリと刺すように刺激する。食事の際、味噌汁でさえ塩分が喉を刺すような感じになっていた。病院から処方されているうがい薬でさえ、喉の痛みを感じる。更に、唾を飲み込む行為が辛くなる。喉の奥全体が火傷している状態なので、水を飲んでも喉全体に激痛が走る。口の中に溜まる唾も飲み込むことができなくなる。一定の時間で喉の奥に唾液が溜まっていくと、（1日15回から20回ほど）溜まった唾液を吐き出さなくてはいけなくなる。痰を吐き出す要領で唾を吐き出すのだが、その際には涙が出そうになるほどの激痛を伴った。

やがて、喉全体が刺す痛みに襲われる。ゴボゴボという重い音の咳を出しながら目を覚まし、激痛を覚悟して溜まった唾を吐き出す日が続く。唾というよりは痰に近い。そうしているうちに早朝3時から5時にかけて何度も目覚めるという習慣が体の中に染み付いていく。もちろん、喉の痛みを抑えるだけなら強い効果のある薬もあるというが、その薬は腎臓の機能を損なうため、私のように腎臓機能が落ちた場合には処方されない。つまりこの喉の痛みは、ただただ耐えるしかないのだ。

痛みに耐えてはいたが、あまりにも喉の痛みが強くなったので、主治医にそのことを伝える。すると喉の痛みを和らげるスプレー状の薬「インドメタシン」を処方された。痛みに対して麻酔のような働きがある薬だ。スプレーは、起きた時、食事の1時間前、食後、寝る前、深夜に目覚めた時に使った。気持ちの問題なのかもしれないが、喉の痛みは少しだけ和らいだような気がした。そんな状況ではあったが、口腔外科の医師から私の場合はまだ良い方だと言われた。もっと強い痛みを伴う人たちが多くいるのだという。特に放射線の照射ががん細胞に対してピンポイントで当たっていない場合や、幅広い範囲にがんが広がっている場合には、口の中のダメージの範囲は自ずと広がる。喉の痛みだけでなく歯茎から舌の裏にまで沢山の口内炎ができ、口の中全体が痛みの巣窟となるそうだ。

もしもそのような炎症に襲われた場合、食べること自体が物理的にできなくなり、点滴という手段で栄養を摂るしかなくなる。そうなると、口からは食べることができないため食欲はますます減少し、体は予想以上に痩せていく。そして、体力は落ち、腎臓の機能も下がり、抗がん剤投与治療もできなくなる。その結果、治療は長期になっていく…。がん治療の患者にとって口腔内の環境を保つことは、治療を進める上で非常に重要なことなのだと改めて思った。最後の抗がん剤治療が終わるまで、喉の痛みはこのまま受け止めるしかないのだ。

味覚障害を起こしてから、当初は満足に食べることができない日々を過ごした。その後、コーンフレークと出会い食欲に対する精神状態は安定してきた。コーンフレークのような固形物を安定的に口から摂取できるようになったことで、食に対する「満足感」も生まれた。歯で噛んで食べるという行為が、食事に対する脳の不満も解消してくれていた。そうすると、また食べようという気持ちにもなった。脳とは本当に未知なるものだと感じる。口を動かし、モノを噛み、食べるという行為が、自分の脳をどれだけ満足させているかよく分かった。口の中の歯を使って噛んで咀嚼する一連の行為が、脳の中の満足度を満たすという不思議な関係を自分自身で体験しているのだ。

ただその一方で、より美味しいものを食べたいと渇望する気持ちが日増しに強くなっていく自分がいた。カレー、ラーメン、焼き肉、かつ丼…味の濃いものばかりだが、とにかく頭の中で「美味しい味」として記憶されている食べ物を「その味の通りのまま、美味しく味わいたい！」という願望が、どんどん膨らんでいった。きっと人間の脳には自分が体験した味の足跡を整理した「味の記憶箱」なるものがあるのだろう。その中に美味しい記憶が刻み込まれているような気がする。味の記憶箱からは、いつでもデータが取り出せるようになっていて、味の再現は脳の中で自由自在に可能となる。とは言え、それはあくまでも脳の中での架空の出来事。実体験が伴っていない。だからこそ、脳は「美味しい味の実体験、追体験をしたい！」という欲望を起こさせていく。

私の場合も、最後の入院前に、そのような突発的衝動に何度も駆られた。そんな時には、自分を抑えても仕方がない。躊躇せず店に入り、食べたいものを全て注文した。そして、ことごとく1～2口だけで脳が希望する味ではないことを脳に教えた。「まだお前は味が分からないんだ！」ということを教え込んでいった。それは、脳に対して「美味しいもの」＝「まだ不味いもの」という学習だった。そうすることで、自分の頭の中に起こる欲求を抑えられるようになっていった。

脳の中で強く働く「欲望」の一つ＝「美味しさを求める欲求」は、まるでパンドラの箱のようなもの。一度、脳の中でその箱を開けてしまうと、もう欲しくて欲しくてどうしようもなくなってしまう。その欲求を打ち消すためには、我慢せず自身の脳に実体験させ現状認識をさせるしかない。脳は常に経験によって教育しなくてはいけないのだ。

私の場合、失われた味覚の中で、唯一閉じていなかった味覚の扉は「コーンフレーク」や「牛乳」で開かれた。そこに1〜3歳の栄養機能食品「粉末ミルク」を加え、ビタミンやカルシウム、ＤＨＡや鉄分などを補足していった。粉末ミルクを牛乳と混ぜることで、牛乳の味がより濃いものとなり、それも美味しさへとつながった。舌で感じるほど牛乳の味が濃くなった。その牛乳の中に硬めのパンを浸して食べてみたら、なんと今まで粘土のような感触で食べられなかったパンさえも、全く嫌味なく食べることができたのだ。もしかすると、乳児用の離乳食などには味覚障害者にとっての基本的な味覚細胞を刺激する成分が含まれているのかもしれない。乳製品には人間の舌に隠された味覚感知メカニズムと秘密の関係があるのではないだろうか…。誰か科学的にそのあたりを解き明かしてもらいたい…そんなことを勝手に思ったりした。

ともかく人間の脳というものは、制約しすぎず、ある程度は欲望を満たしてあげることで、体と脳と心のバランスが保てるのだということを知った。

いよいよ明日から最後の抗がん剤投与。7日間の入院が始まる。

この日は外食することにした。実は試してみたい食事のメニューがあった。韓国料理「参鶏湯」だった。朝鮮人参や複数の漢方薬を使った鶏の水炊きのようなものだが、もしかしたら味が分かるかもしれない…そんな期待がわずかにあった。とにかく、少しだけでもいいので味見をしてみたかった。

ネットで見つけていた小さな韓国料理店に入る。

早速メニューから「参鶏湯」を頼む。待つこと10分。半分の鶏肉を使った「参鶏湯」が来た。グツグツと音を立てて煮えたぎっていた。喉が痛いので、熱いものは食べられないため、少し冷めるまで待つ。ようやく食べることができそうな温度になったことを確認し、スプーン1杯を口の中へ注ぐ。10秒、20秒…しばらく、舌で味を確かめるように時間をかけると…「いけるかもしれない!」そう感じた。漢方薬である朝鮮人参の香りと生姜など複数の味覚を舌が判別できたのである。もちろん塩分に対する感覚はないので、香りと漢方の食材の風味を感じ取れるだけだったが、脳の中はそれでも十分満足できた。再びスープを確かめるように味わう。これなら味覚障害者でも堪能することができると思った。

そして、鶏肉にもトライしてみる。既に他の調理方法にはなるが、何度も鶏肉に挑んでは夢破れた経験をしていた。どれも味付けが濃ければ濃いほど鶏肉の味はもちろん、料理自体の味が全くしなかった。ところが今回の参鶏湯の鶏肉は違っていた。鶏肉自体が口の中で簡単にほぐれると、その味は鶏肉に染み込んだ漢方の風味である。塩気は少しあるのだろうが、もっと塩分の強い料理では食べ物が粘土のようになるのにそうならない。鶏肉から漢方独特の味が口の中に広がるのが分かった。鼻からの香り、そして舌からの味の感覚が一致することで、スープも鶏肉も堪能することができた。味覚障害者にとって塩味、酸味、甘味が分からなくても、漢方食品のような風味は味覚として感じられるということが分かった。

醤油や味噌、トマトソースなどを使わず、出汁や漢方を使った煮物であれば、味覚障害者でもきっと食欲を満足させられるに違いない。それが分かっただけでも嬉しかった。「参鶏湯」が食べられるのであれば、同じ韓国料理の牛の骨からエキスを取る「コムタンスープ」もきっと食べることができるだろう。さらに、透明系のスープならベトナム料理の「フォー」も食べられるのではないだろうか…。そんな予想が湧いてきた。美味しいものを考えるだけも心が晴れやかになった。

自分に合った食べ物を発見できたことで、苦痛だった食事が喜びへと変わっていく。不思議な気がした。人間にとって「食べること」がどんなに重要なことなのか、がんを患って初めて分かった気がする。「食べる」意欲。「美味しい」と感じる気持ち。そして、「食べた」満足感。それらどれもが人間に力を与えてくれる。「生きること」は「食べること」。たとえ味覚障害であっても、美味しく感じる料理や食材が見つかれば、人生の喜びとなるのだ。

気が付けは、頼んだ参鶏湯はほとんど完食していた。料理を完食するなど、味覚障害になってから初めてのことだった。美味しい料理を見つけたことで脳の満足感が目覚める。体力も増す。最後の抗がん剤治療へ向かう自分に、少しでも栄養を与えられたことは大きな自信にもつながっていった。今の自分に必要なことは、日々痩せることと闘っている自分へ、抗がん剤に負けない栄養を摂ることだった。こうした味が分かる料理を見つけてから、体重は49kgをキープしている。

空になった参鶏湯の器を見ながら、がんの治療と向き合うということは「体力との闘い」、「食事との闘い」なのだ…と改めて思った。

「がんと共に生きる」意味とは？

～再発・転移の可能性～

最後の抗がん剤治療のための入院。

これから7日間の入院治療に入る。入院後の2日間における腎臓の状態次第で抗がん剤投与のスケジュールが決まる。3度目の抗がん剤投与に進める確率は60％。決して高くはない。入院用の荷物が詰まったバッグを抱え、指定された病棟へ向かった。

病室へと案内される。1回目の入院時に入ったトイレ・シャワーなしの個室（1日6千円）を希望していたが、2回目同様のトイレ・シャワー付きの個室（1日1万円）の部屋となった。今回の抗がん剤投与は最後になるが、投与はあくまでも腎臓の数値次第。うまくいってくれることを願うのみだった。

病院の食事は、ご飯の代わりにお粥、おかず以外にゼリー、栄養ドリンク付きのメニューを選択した。とにかく、最後の治療にしたい。今までの2回の入院経験で分かった「水分補給」「便秘対策」「シャックリ対策」だけはきちんと心がけていこうと思った。

放射線治療30回目。

入院して2日目の朝、いつものように放射線治療を終える。今日で30回目の放射線治療が終わった。あと、5回！　もう目の前だ…。そう思うだけで気持ちが楽になる。ただ気になることが一つあった。入院してから尿の量を毎回計っているのだが、前回の入院時に比べると尿の量がかなり少なかった。水はできるだけ飲むようにしていたので、夏の暑さのせいで水分補給ができていないとは思えなかった。もちろん部屋の気温も汗が出るような設定にはしていない。この日の午後、抗がん剤投与の事前確認検査となる血液採取が行われた。

明日からいよいよ最後の治療が始まる…そう信じていたと言ったほうが正しかった。

午後4時過ぎ、私の主治医と看護師2人が点滴の器具を持って私の病室を訪れた。

「どうですか？　体の調子は」

にこやかに優しい口調で医師が話しかけてくる。

「喉のほうは痛みがあるのですが、何とか食べるようにしています」

「実は、今日の血液検査の結果ですが、前回の点滴をした時よりもいい数値ではあるのですが、まだ腎臓の機能が十分に回復していないようです。ここはしっかりと腎臓を回復させて抗がん剤投与に移りたいのですが、いかがですか？」

やはり、そうだった。自分の尿の量を見ていてもかなり少ない気がしていた。

「具体的には、どんなスケジュールになるのでしょうか？」

「今週一杯まで腎臓の機能回復のための点滴を行い、来週の月曜に再度血液検査を行います。そこで数値を判断した上で、抗がん剤の治療を行っていきたいと考えています。放射線治療も来週水曜日が最後ですので、そこまでに抗がん剤治療も終わらせると効果的だと思っています。いかがでしょう？」

ここで焦っても仕方がない。最後の治療へ予定通り進めるのが60％の確率だと聞いていたので、今は十分な体調に戻して、3度目の抗がん剤投与に臨むことが賢明な選択だ。

「分かりました。来週も入院ということですね。このままの部屋でいいでしょうか？」

「部屋は大丈夫だと思います。まずは、腎臓機能を回復させましょう。そうすれば治療は終わります」

医師は力強い口調で私に治療の終わりが近いことを告げた。その言葉に後押しされるように、私も頷いた。

「では、これから点滴をさせてもらいます」

こうして仕事は看護師へバトンタッチされ、私は点滴を週末まで毎日打ちながら腎臓の回復を待つという計画に移った。「退院は来週まで延期になるのか…」でも、これできっと終わる…心の中でそう願った。


放射線治療32回目。

午前9時。私はいつも通り放射線室に行き上半身裸になった。治療はわずか5分ほどで終わる。

「では、来週もよろしくお願いします」

「あと3回、水曜までですね」

「はい。来週また同じ時間に伺います」

放射線科の技師と短い言葉を交わした。

この放射線治療を初めて受けた時、体重は60kgほどあった。髪の毛も普通の長さだった。今では49kg。後ろ髪は脱毛のため量も少なく短い。口周りのヒゲは全て抜け落ち、ほぼ生えていない。鼻毛さえもほとんど抜け落ちている。毎回の治療で上半身の衣服を脱ぐため、私の体の変化については放射線技師たちが一番近くで見ているので気付いているはずだ。口には出さないものの、彼らの話す口調、目線、空気感でそれが十分に感じ取れた。治療時間中、腎臓機能が少しでも回復することだけを願っていた。

放射線治療33回目。

朝6時。病室で血液採取が行われる。看護師が採取した血液はすぐさま検査へ回される。8時45分。放射線治療に向かい、いつものように横になる。「あと2回で終わる」そう考えると、どこか心も落ち着いた。治療が終わると放射線科の医師の問診が行われた。

「もう、今週で終わりますね」

医師は笑顔を見せながら、私に語りかけてきた。

「治療後にこの放射線室に来ることはないのでしょうか？」

治療後のことが知りたくて、医師に聞いてみた。

「もうないと思います。耳鼻科の先生のところへ定期的に検診に行くだけになると思います」

一番聞きたいことがあった。それは再発の可能性だった。

「がんの場合、再発する可能性があるとよく言いますが、咽頭がんの場合は、どんなところへ転移の可能性があるでしょうか？」

「咽頭がんのケースでは、同じ喉の部分に再発する可能性は3割と言われています。あとは、肺への転移に気を付けることが大切です。咽頭部分と肺に関しては、これからも耳鼻科の先生のほうでチェックしていくと思いますよ」

他の部位への転移についても質問を投げる。

「喉に近い食道や、あるいは日本人に一番多い胃がん、大腸がん、あるいは膀胱や前立腺などへの転移はどうですか？」

「咽頭がんとそれらの臓器のがんとは異なるタイプと考えてください。内臓の臓器に出来るがんに対するケアは、それぞれの臓器に対応したがん検診を受けるようにして早期発見をすることが肝心です」

小学生のような質問にも、医師は呆れた顔を見せることなく丁寧に説明してくれる。

「平均寿命がこれだけ長くなった時代です。人は死ぬまでに、3回はがんに出くわすと考えてください。今回は1回目のがん治療でしたが、必ず治ります。だからくよくよすることはないんです。問題は、2回目、3回目になることをできるだけ避ける生活を心がけることだと思います」

日本人の平均寿命（2017年度）は、女性が87・26歳（世界2位）、男性が81・09歳（世界3位）で、いずれも過去最高を更新している。こんな時代に「生きる」ということは、がんと付き合うということでもある。がんは当たり前の病気だと理解しておくべきなのだろう。人は、いずれその命を全うする。年齢を重ねれば、当然がんという病は一緒に付いてくるのだ。そう理解することで、がん治療後の生き方が変わってくるような気がした。決して「がんを怖がらず」、決して「がんから逃げず」、決して「がんを悲しまず」。がんという病は60を超えた自分の年齢あたりからは、いつも一緒にいるものだという理解で生きていかなくてはいけないのだ。そう理解することが、これからを生きていく上で大切なことなんだと思った。

「では、あと2回の治療、よろしくお願いします」

医師に挨拶をした。

「喉の痛みは、治療を終えるとすぐに回復してくるので安心してください」

医師のその言葉は、私に力を与えてくれる一言だった。どうにもならない喉の痛さをこらえながら病室へ向かった。

抗がん剤投与ができない可能性⁉

～見えない出口と不調をきたす体～

「血液検査の結果が出ています。これから始まる耳鼻科の診断へ行ってくださいね」

放射線治療から戻ると、看護師にそう言われた。すぐに診察の列へ向かった。今日の診断の担当の名前を見ると、私の主治医ではなく、その上司に当たる年配の医師だった。診断が始まる。気になる血液検査の検査データがモニターに出されていた。

「数値を見ると…、腎機能は改善していますね。ただ、白血球がまだ少し低いかなぁ」

白血球の数値が低いとどうなるのか…、私の中で突如不安が湧き起こる。

「この数値は、後半の治療時期には時々見られるものなので、異常ではないのですが…。ただ、1000を切って、936という数字をどう見ていくか…」

年配の医師は口ごもりながら、しばらく考えていた。

「この結果については主治医が検討し判断していきますので、抗がん剤の治療については、夕方の5時あたりまで病室で待っていてください」

白血球の値が低いという予想外の出来事に、頭の中が白くなっていた。すんなり最後の抗がん剤投与の治療に入れると思っていたこと自体甘かった。いずれにせよ、主治医の最終判断を待つしかない。午後の点滴が終わる夕方までには、主治医の判断は出る。そこまでは心穏やかに待っていようと思った。

夕方に下される主治医の判断。それはまるで最後の審判のような気がした。


「明日から始めますから、今の点滴は外します」

看護師が点滴を取り除く道具を持って病室へ入るなり、そう言った。

「ということは、明日は抗がん剤治療ができるということですか？」

半ば諦めていたので、少し驚いた。同時に安堵の気持ちも湧いてくる。

「はい、そう聞いています」

看護師が答えたタイミングで、主治医ではなく薬剤師が病室に入ってきた。

「体は大丈夫ですか？」

優しい口調で私に話しかけてくる。前回の入院時にも会っている先生だった。

「主治医の先生が処方した抗がん剤治療の準備をこれからしますが、その治療計画書を先にお持ちしました」

「じゃあ、明日は朝6時から前回と同じように…」

「そうなります。前回と違う点は、まず抗がん剤の投与量が異なります。前回はシスプラチンを160mg投与しましたが、今回は現在の体調を考え40mg少ない量、120mgの投与になります。点滴時間は前回と同じ2時間です。もう1つ違うことは、今までは3日間の点滴計画でしたが、今回の点滴は4日間になります。腎臓の機能を回復させるために点滴の日数が1日多くなったと理解してください。つまり、明日は朝6時から夜9時まで、明後日、明々後日は朝10時から午後6時まで、4日目は朝10時から昼の12時までになります」

今回の抗がん剤投与は次のような計画だった。

■前回の化学療法計画

1日目　6時～12時（副作用点滴）
　　　12時～14時（抗がん剤点滴）
　　　14時～20時（副作用点滴）
2日目　10時～20時（副作用点滴）
3日目　10時～12時（副作用点滴）

←

■今回の化学療法計画

1日目　6時〜12時（副作用点滴）
　　　　12時〜14時（抗がん剤点滴）
　　　　14時〜20時（副作用点滴）
2日目　10時〜20時（副作用点滴）
3日目　10時〜20時（副作用点滴）
4日目　10時〜12時（副作用点滴）

全体が3日間から4日間になり、3日目の内容が1日増えたことになる。がん細胞に対して確実な治療をしながら、同時に腎臓の機能回復も行おうという狙いだった。

「今回の治療を乗り越えれば終わります。ただ、白血球の量が減っていたため、抗がん剤の量を減らすことで体に無理がないようにしています。これで進めていきましょう」

主治医からもしっかりした言葉をもらい、背中をポンと押された気がした。

この治療計画が終われば、あとは体がゆっくり回復するよう努めるだけでいいんだ…。入院最後の点滴投与4日間を無事乗り切れるよう、自分の体力に祈った。

翌朝を迎える。

腎臓の機能回復と闘いながら、まずは副作用を抑える点滴が始まる。血圧検査が行われ、副作用を抑える点滴へと予定通り移った。この点滴の最中に34回目の放射線治療を終わらせた。そして、昼12時。最後の抗がん剤が投与された。こうして、長い点滴の１日が終わり、明日は放射線治療最後の35回目となる。

抗がん剤投与で全ての器官に起こりうる変調
～目に見えない体の異変と闘う恐怖～

最後の放射線治療、35回目の朝。

９時前に別棟へ行き治療室へ入る。

「おはようございます」

顔なじみになった看護師に挨拶をする。

「今日が最後の治療になりますね」

技師が看護師とともに優しい笑顔で迎えてくれた。

「では、台のほうへどうぞ」

無駄のない会話を交わしただけで、治療台へ向かった。

35回目にもなると、放射線治療が及ぼす喉の痛みはかなりのものだった。病院で処方されている痛み止めスプレー、痛み止めの錠剤、うがい薬を使って痛みをこらえ、かろうじて凌いでいるといったほうが正しかった。今日でこの放射線治療から解放される。これから少しずつ回復への道を歩んでいけるはずだ…そう信じるしかない。

いつもと同じように唸る機械音に包まれていく。こうして私の35回の放射線治療は終わった。顔のマスクに関しては、治療後は廃棄するとのことだったので記念にもらった。二度と使うことはないマスクだが、自分ががんになったことへの戒めの意味でも、マスクを手元に置いて病のことを忘れないようにしようと思った。

個室に戻ると血圧、体温、体の酸素濃度の計測が行われる。今回の入院中の血圧は低い値がよく出る。以前は90～１３０の間だった数値が60～95へ下がっていた。立ちくらみのような症状にも時々襲われる。食事の量が少ないせいなのだろうと思い、残さないように努力はしていたが、食べたくても食べることができない状態なので、実際のところほとんど残していた。別に機能性飲料を摂取することで体力は何とか維持していた。こうして点滴投与計画の3日目が終わり、ついに最終日が訪れる。

朝6時、腎臓機能の確認のため採血が行われる。

何とも言いようがない感覚が体を包み込んでいた。体はドーンと重たく、とにかく眠たい。ずっと横になっていたい気持ちだった。また、顔も腫れぼったい。事実、鏡に映る顔もむくんでいる。食事以外の時は、ほとんど横になっていた。そうせざるを得ないほど、体中に疲労感があった。治ってきているのか、あるいは体の中で別の闘いが起こっているのか…。とにかく体の中で大きな異変が起きているのは確かだった。そして、定例の回診を迎える。医師から血液検査の結果が伝えられる。

「腎臓の機能がやはり少し落ちていますね。ここは、無理をして退院されるより、もう1日腎臓の点滴を受けて安心できる数値で退院する方がいいと思います。後ほど主治医と相談してみてください」

腎臓機能の数値が低い…。やはり、体に疲労感が残っていることや、どんよりした気分になっているこの感じは、腎臓の数値が原因なのかもしれない。すぐに主治医が病室に現れた。

「腎臓の数値が少し低く出ていましたが、特に気にする値でもないと思います。ただ、万全を期して点滴で腎臓の機能を少し良くしてあげようと思います」

私の体の中にいる細胞たちを応援する点滴であれば、何でも打ってほしかった。それしか選択肢がなかった。

「ここで焦っても仕方がないので、例えば、明日腎臓の機能回復のための点滴を行い、それが終わったら退院するという流れでいかがでしょうか…」

私は力なく頷いた。

「では、明日500㎖の点滴を5時間ほどかけて行います。退院はその後ということで」

退院のめどは立った。ただ今は「眠たい」「疲れた」と要求する体に応えながら、ベッドで横たわるしか体を楽にする方法はなかった。「これで本当に最後だ…」そう言い聞かせながら目を閉じる。

入院最後の朝、6時。

500㎖生理食塩水の点滴を受ける。腎臓機能を補助するものだが、今の自分の体には有効な点滴であることに違いなかった。点滴後は尿の回数も量も順調に増えた。ただし、体の疲れは一向に治ってはいない。退院前、最後の回診を受けるために診察室へ向かった。主治医は私の血液検査の結果を注意深く見ながら話を始める。

「治療は順調に進んだと言えますが、体調はどうですか？」

「かなり疲れがある感じで、自分の体じゃないような気もします」

「血液検査の状態を見ると、低ナトリウム症の可能性がありますね」

「低ナトリウム症？」

「塩分を控えすぎて起こる状態です。食べ物の味が分からなくなるので、つい塩分を控えがちになりますが、その結果塩化ナトリウムの摂取量が下がってしまうことがあります。それが低ナトリウムの状態です。夏の暑い日などはそうなると危険なので、なるべく塩分も積極的に摂るように心がけてみてください」

退院に向けての注意事項は続いた。

「今日の退院は問題ないと思います。でも、もし自宅で熱が出たり、疲労感がもっと出るような時は、すぐに病院まで連絡してください。抗がん剤の影響だと考えられますから、あまり我慢しないようにしてください。体の回復力の問題なので、ここ1週間は絶対に無理をしないように」

前回の時のことが思い出される。市販の頭痛薬を飲んで強引に熱を下げたのは良くなかったと思うが、あのような状態にまたなるのだろうか…。

「退院後に気分がすぐれなくなる可能性はどのくらいあるのですか？　気分が悪くなることもあるんでしょうか？」

「人それぞれですが、退院して3〜4日経ってから体の変化が起こることがあります。だから、今日明日だけでなく、やはり1週間ほどは自分の体の変化に注意して無理しないよう過ごしていただくことが大切です。どうしても体調の変化で苦しいと感じたら、すぐに直通の連絡先へ電話をください」

以上が、退院前に告げられた最後の注意事項だった。

個人差が大きいため、しばらくは体がどう反応するのか分からないということだ。私の場合、ここ2日は今までにないほどの気だるさや疲労感がある。4日前に投与された抗がん剤はまだ自分の体内で働き始めたばかりなのだ。抗がん剤は様々な器官へ影響を及ぼしているに違いない。自分一人の闘いが始まっていた。


一人、病室で退院の準備をする。

3回目の抗がん剤を投与されたばかりなのであまり無理はできなかった。どことなく体調がすぐれない。全体に倦怠感もある。もちろん味覚障害は続いている。体が本調子じゃないせいか食欲もない。この症状があと何日、何ヶ月続くのかは体の回復次第だと言われている。入院する際に持ってきた荷物を大きなバッグに詰め込み担ぐ。痩せた肩にバッグのベルトがズッシリと食い込んでくる。体重は最後の点滴のおかげで少し持ち直し、51kgに回復していたが、体はむくんでいる。あと数日もすれば体重は40kg台に再び落ちるのは明白だった。

バッグを抱え、一人夏の終わりの光が差し込む病院の出口へと向かう。休日の病院の出入口では見舞客たちが受付をしていた。彼らの脇を抜け出口へと進む。その時だった。外光が直接目に当たり始めたとたんに異変が起きた。目に映る景色の色がゆっくりと消え、白黒の世界がゆっくりと広がっていく。光が粒のようになり瞳の中で拡散する。立ちくらみをする直前、壁に手をついて体を支えた。目に映る世界に色はもうない。光が放射状に広がっていくように見えた。幻聴も聞こえてくる。キ～ンと刺すような耳鳴り。不快な高音が脳の奥から響いてくる。

何とか出口までたどり着き、ドアを開け外に出る。夏の終わりの太陽がギラギラと輝いていた。蝉の激しい鳴き声が耳をつんざくように響く。急に白い光が目の中で広がり、見えるものは完全に白黒の世界に変わっていった。色がない世界に一人いた。脳の中では金属音が鳴り、そこへ甲高い蝉の声が加わる。増幅した威圧的な音が私を包み込んでいく。次の瞬間、その音は突然消え去り、何も聞こえなくなった。

確実に体の中で何かが変化している。白黒の無声動画を見ているような感覚でゆっくりと空を見上げると、真っ白な光が私を包み込んでいった。車のキーを握りしめたまま、私は出口で立ちすくんでいた。

35回の放射線治療、3度の抗がん剤治療を通じて、幾度となく生きる意味を考えた。自分に果たして「未来」は来るのだろうか。何度もそう思った。そして、たとえ少しずつであっても前へ進む勇気は自分の中にしかないと気付いた。変調をきたした体であっても、がん細胞もまた自分の体の細胞の一つなのだ。

国立がん研究センターの最新のデータ（２０１９年12月13日発表）によると、がんと診断された患者の5年後の生存率は66・４％。がんになっても生きる意思がある限り、命が途絶えることは絶対にない。がんとの闘いは、自分自身の体との対話の始まりに過ぎない。

「だったらふたりにひとりと宣告された結末を見るまで、思う存分生き抜いてみようじゃないか…」

ふらつく体を立て直し、真っ白い光の差す駐車場へと足を進めた。

完

付録

味覚障害者向けレシピ
がん治療にかかった費用

味覚障害者向けレシピ

味覚障害になった方々へおすすめする食品とレシピ。
※味覚には個人差があるため、全ての方に適しているとは限りません。

おすすめしたい基本の飲み物と食事

【日本茶】

味覚障害になっても美味しいお茶と言われるものは、全てに香りや甘さだけは感じることができる。香りが豊かな日本茶は絶対におすすめ。美味しいと感じた日本茶銘柄は「三重県・伊勢の深緑茶房」「鹿児島県・東八重茶製」。他にも、カモミールやミントティー、東方美人茶、朝鮮人参茶もお茶の美味しさを感じる。日本茶は美味しいものを食べようとする気持ちを呼び起こす原動力となる。「食」に期待感を失っていても、お茶を一日数回飲むことが大切だと思われる。また、ご飯を食べる方法としてお茶漬けにしたりすると、ご飯が喉にスムーズに入る。ただし、お茶漬けを主食にすると栄養不足になりやすいので要注意。

【牛乳＋シリアル（コーンフレーク）】

牛乳の代わりに豆乳でもＯＫ。シリアルが今回の味覚障害時に一番役に立った栄養食。ベースとなるのは牛乳。単純に牛乳にシリアルを混ぜて食べてもいいが、栄養価を高める工夫をすることが大切。まず、牛乳には幼児用の離乳食用の栄養素（カルシウム、ＤＨＡ、鉄分、ビタミンＤ、ミネラルなど水溶性の粉タイプ）を加え、そこに栄養価の高いシリアルを入れる。グラノーラや五穀フレーク、チョコ味、フルーツ味など様々な種類があるが、シンプルな無糖のコーンフレークが素材の味をより感じることができる。さらに、食の満足感を補足するために、シリアルとは別で、食パンやフランスパン、あるいはクロワッサンを一緒に牛乳の中に浸す。そうすることで食べた充実度は増す。クロワッサンは口の中でバターの香りも楽しめるので、パンのバリエーションとしては最適。ただし、牛乳に浸していないパンはどれも味を感じないため粘土のよう。単独で食べるのは要注意。

味覚障害者に対応した味付けのポイントとおすすめメニュー

味覚障害においては、醤油や味噌、マヨネーズ、ケチャップ、ウスターソースなどといった調味料の味は全く感じることができないと考えるべき。従って、それらを何で代用するかが重要な調理ポイントとなる。その一番の代用品となるのが「出汁」。調理のキーワードは「とろみ」。色々試した中で出汁を活かしたおススメ料理をいくつか紹介する。

【野菜の出汁を使ったレシピ】

野菜だけで抽出した出汁（ニンニクが好みの人はニンニクを加えても良い）を使っていただくお麩や絹豆腐、ソーメンのほか、じゅん菜は冷やした野菜出汁とよく合う。また、野菜出汁にシラウオを混ぜてゼラチンで固めたものもおススメ。

【中華風あんかけ】

野菜炒めに中華の顆粒出汁を加え、水と片栗粉でとろみを付ける。野菜には豚や鶏のひき肉を加えたり、そぼろあんかけ風にしてもＯＫ。ポイントは野菜を小さくカットし、とろみ部分を多くしてゼリー感覚で食べられるようにすること。和風出汁を使う場合の具材には、せん切りのジャガイモやカボチャ、人参、大根なども適している。

【ホタテや海老の海鮮スープ】

野菜の出汁や中華、和風、コンソメなどの顆粒出汁を使い、ホタテや海老、玉ネギ、ジャガイモ、人参などを入れた海鮮スープ。片栗粉でとろみを付けると、より食べやすくなる。

【ホワイトクリームシチュー】

出汁で整えた（特に玉ネギの粉末が重要）クリームシチューは、栄養価も高いので最適。小さく切ったジャガイモ、人参、玉ネギ、好みで鶏肉を入れて煮込むだけ。ホワイトクリームの代わりにトマトソースを使うのはＮＧ。トマトの旨味・酸味は味覚障害者には危険なほど不味いものに感じてしまう。

【出汁を加えた山芋のすりおろし】

すりおろした山芋に和風出汁と醤油（少量）を加えて味付けする。柚子で香り付けしてもいい。茹でたブロッコリーやパプリカなどの味の濃い生野菜をみじん切りにして入れれば、とろろ野菜サラダ風になる。また、とろろに蕎麦を絡ませ食べてもＯＫ。

【蕎麦湯】

蕎麦粉を茹でた際の蕎麦湯はスープやソース代わりになる貴重な食品。冷やした蕎麦湯に生野菜（大根、キュウリ、レタスなど）を薄く切って絡めて食べる野菜サラダスープや、温かい蕎麦湯に温野菜を入れた温野菜サラダスープ、お吸い物の汁代わりに蕎麦湯を使えば正月のお雑煮風にもアレンジできる。蕎麦湯をめんつゆの代わりにして蕎麦（十割蕎麦がおすすめ）やソーメンを食べても美味しい。薬味のネギは好みだが、蕎麦湯の味を消してしまうので、柚子の方が向いている。他に、蕎麦湯でお団子をいただいてもいい。

【抹茶】

片栗粉でとろみを出した抹茶に生野菜（味の薄いキュウリや大根、人参など）を小さなキューブ状にカットして混ぜ合わせて作る生野菜サラダ。ゼラチンで固めた抹茶をキューブ状にカットしフルーツと一緒にいただくフルーツ抹茶サラダ。片栗粉で粘り気を出した抹茶をたっぷりとかけて食べるお団子もおススメ。

【海藻】

味付けされていない海苔、もずく、ワカメ、アオサなどを、和風出汁を効かせたお吸い物として食べると、磯の香りを十分感じる。ただし、お醤油・塩は一切使わないこと。

【貝類】

ハマグリやあさりなど、貝の身そのものにも磯の風味は感じられるが、スープの出汁として使う方がベター。旨味と香りがより感じられる。酒蒸しにするのも良い。刻みネギを加えると臭みが消える。ただし、ネギは小さく細かく切ることが大切。

【大根おろし】

大根おろしをそのままいただく。醤油は絶対につけないこと。しらすなどはお好みでOK。また、大根おろしと出汁を合わせてみぞれ汁（お醤油は最小限の香り付け程度にし、具はお好みでOK）にしても良い。おろした辛味大根を蕎麦にかけ（醤油たれは使わない）シンプルに食べると美味しい。

【豆のペースト】

グリーンピースやそら豆などを塩茹でして漉したものに、茹でたジャガイモを加えてミキサーにかけてペースト状にする。お湯、コンソメ、あるいは和風出汁を加えて完成。喉が痛む場合の栄養摂取に適している。

【100%無添加人参ジュース】

茹でた人参をミキサーにかけ、野菜の出汁を加えて味を整える（スープベースとして使用してもOK）。パプリカや玉ネギのみじん切りなどを加えてもOK。

【ゴマ油】

出汁で作ったお浸しなどの味に深みを加える場合、ゴマ油を加えると良い。

【梅のエキスや梅干を漉したもの】

塩分の少ない梅干を使うと、鰹節や出汁のお浸し（ほうれん草、もやし、オクラ、フキ、コゴミなど）の味に変化を付けることができる。

【醤油を使わず出汁で作る筑前煮】

大根、人参、ごぼう、絹さや、里芋、しいたけ、鶏肉を出汁で煮込む。醤油はほんの少しだけ香り付け程度とし、食べる直前には柚子を添える。

【出汁で作る卵焼き】

出汁巻き卵を作る要領だが醤油は使わない。人参のみじん切りと小ネギの小口切りを加えて作っても美味い。

【茹で卵】

単純に卵を茹でるだけ。白身を何もつけずに食べると味を感じる。黄身は半熟で！

【目玉焼き】

普通の目玉焼き。何もつけずに白身を食べる。黄身は固くしないこと。

【出汁で作るオムレツ】

野菜や玉ネギ出汁をベースに、玉ネギや人参、ピーマンのみじん切りを加えたオムレツ。

塩は一切使わない。

【出汁で作る明石焼き】

出汁の量を多めに入れた明石焼（小ネギをお好みで）。生姜は入れても良いが、量が多いと喉を刺す痛みとなるので要注意。

【和風出汁で作る野菜炒め】

大根またはカブを出汁だけで炒め、みじん切りにした人参と大根の葉を加えて完成。

【出汁でいただくつけ麺】

麺はソーメンや稲庭うどんなど細麺のほうが喉に通りやすい。醤油は使わず、鰹節の香りが立つ出汁つゆを基本にする。薬味は、細かく切ったネギ、みょうが、生姜などをお好みで。

【鰹節を和えたお浸し類】

鰹節は出汁感覚で使用し、お浸しを作る。隠し味に桜えびなどを加えても美味しい。

【出汁で作るイカ（または海老）のすり身団子】

魚を材料にすると臭みにデリケートになっているため、材料はイカや海老がおすすめ。出汁を多めに加えてすり身を作り、三つ葉を添えてお吸い物にする。

【鶏肉のひき肉スープ】

野菜の出汁を使って、玉ネギ、生姜（香り付け程度）と一緒に鶏肉のひき肉を煮込んだスープ。

【出汁で食べるお好み焼き】

山芋をすって出汁を多めに用意し、お好み焼きの粉で生地を作る。そこにキャベツと干海老を加えて焼く。ソース味のような味の濃さはないが具はあまり多くせず、干し海老の量で調整する。

【単品でも美味しく変化する食材】

ほうれん草、もやし、オクラ、フキ、コゴミなどは、茹でて、食べる直前に出汁と鰹節を軽くまぶす。醤油は使わず、お浸し風にいただく。出汁や鰹節などは、隠し味のような使い方でＯＫ。

【水炊き】
鶏を出汁にしたお鍋。ポン酢で食べるのではなく、そのままスープと鶏をいただく。

【お茶漬け】
海苔、三つ葉のお茶漬けがおすすめ。梅や鮭は味覚に個人差がある（私の場合はＮＧ）。お茶は香りの良いものを使うと美味しさが増す。

【ひじき】
醤油、砂糖は使わず、出汁だけを効かしたひじきの煮付け。

【茶碗蒸し】
具は三つ葉だけでもＯＫ。和風出汁を効かせた茶碗蒸しは味覚障害者にとっては美味。

【お吸い物】

風味を楽しむことだけを考えた出汁で作るお吸い物がベター。細かく刻んだ春菊、三つ葉、松茸、椎茸など、香りを中心にした食材を選ぶとよい。決して醤油は使わないこと。


【笹茶】

笹の葉を乾燥させて煮出す。あと味がスッキリして抗酸化機能もある。


【どくだみ＋はと麦茶】

お茶のバリエーションとして、飲みやすい。どくだみだけでは濃いので、はと麦を加える方がベター。


【チーズ】

サラダやお浸しなどに混ぜて使う。ただし、小さくカットして使うこと。


【柚子】

お浸しやサラダなどの添え物として活用可。

【わさび】

大根おろし、蕎麦などのアクセントとして活用（喉の痛みがある場合はＮＧ）。

【燻製のイカ】

野菜のお浸しの隠し味として細かく切って入れて使う。

【美味しさを感じるフルーツ】

・マンゴー…ほのかな甘味
・瓜…シャキシャキ感
・梨…シャキシャキ感と瑞々しさ
・熟れたプラム…甘酸っぱい香り
・マスカット／巨峰…甘酸っぱさ

【食べやすい食感のデザート】

鼻で判別でき、風味が残るスイーツはおススメ。

・コーヒーゼリー

・桃ゼリー
・リンゴゼリー
・メロンゼリー
・プリン（焼いたカラメルの部分が特に美味しく感じる）

【素材そのものの味を感じる食べ物】
玄米、雑穀米、ハトムギ中心の雑穀、白米のお粥。

【避けておきたい食べ物】
小麦粉で作られた食品や酸味の強いフルーツ。
・ラーメン
・パスタ
・食パン（牛乳に浸して食べるのはＯＫ）
・タコス
・クラッカー
・ビスケット

・ポテトチップス
・パイナップル（特に酸味がきつい生ものは完全ＮＧ）
・グレープフルーツ（酸味に対して味覚が全く反応しない）
・キウイフルーツ（酸味が強すぎる）
・ブドウ（酸味が強すぎる）
・桃（味覚が全く反応しない）
・メロン（味覚が全く反応しない）

【口内の乾燥予防と唾液促進】

ガム（特にキシリトールガム）が有効。ピーチ味がおすすめ。ミント系は刺激が強いので要注意。

がん治療にかかった費用

今回かかった医療費——

内訳は、35回の放射線治療費、がんと宣告されるための検査費、治療費および入院費（個室料金）。それらの総計してみた。

・入院前の検査など…約6万円

・1回目の入院費……約10万円（5泊6日）トイレ・シャワーなし個室

・2回目の入院費……約10万円（5泊6日）トイレ・シャワー付き個室

・3回目の入院費……約21万円（11泊12日）トイレ・シャワー付き個室

・35回の放射線治療費・口腔外科・耳鼻咽喉科の検診代…約20万円

・放射線治療後の諸検査費用など…約4万円

先の金額を合計すると、今回は35回の治療期間で約75万円かかった計算となる。

この費用はあくまでも私が受けた治療を前提にしたもので、先進医療など特別な治療の場合は治療費はより高額となる。いずれにせよ、最低限治療にかかる費用をイメージした上で、自分自身を守る保険を選択し、加入しておくことが重要と言える。

ただし、現実的に考えておくべきことは、通院のための拘束時間、および体の回復に充てる休息日数である。私の場合、3回の入院、入院とは別にかかった通院時間、回復のための休暇取得日数は次の通り。

・事前事後の検査等の診断…5日
・1回目の入院…6日
・通院治療（半日計算）…0・5日×10日＝5日
・2回目の入院…6日
・通院治療（終日休息）…10日（体を動かせない状態となった日数）
・3回目の入院…12日
・回復のための完全休暇…28日（治療後4週間、副作用からリハビリするための休息）

合計で72日となる。

最初の入院後は、まだ体調も悪くないため仕事の合間に通院することが可能だったが、2回目の入院以降は体の負担が大きくなり、治療時は仕事ができる状態ではなくなった。そして3度目の入院を終えた後、抗がん剤の副作用のせいなのか体中が疲れ、極度の体調不良に襲われた。その結果、28日間は完全にオフとせざるを得なかった。その期間が退院後の一番辛い時期でもあった。


ふたりにひとりががんになると言われる時代、長い治療に専念できるようにするためには、家族の協力や会社のサポートはもちろん、社会の支援が当然必要となってくる。今後も私たちの平均寿命が延びていけば、がんはこれまで以上に当たり前の病気になっていくだろう。しかし、がんになることを前提に人生設計を考えている人は、まだまだ少ないというのが現実だ。私がそうだったように、初めて自分ががんだと宣告されてから、初めてがんという病のことを考え、初めてがんとの向き合い方を理解する。

ふたりにひとりががんになる時代だからこそ、がんになることを恐れず、まずは日々の食生活などを見直し、がんを意識した健康管理を行っていく必要があるのだと思う。誰にでも起こりうる病気だからこそ、ある日突然がんと宣告されたとしても、治療に負けない体を作っておくことが大切だ。

私の今の課題は5年後の生存である。5年後にがんであったことを笑顔で振り返るためにも、生き方そのものを見直していこうと思っている。

おわりに

最後に、治療を終えてからのことを記しておきたい。

抗がん剤投与や35回の放射線治療の後は自宅療養となったが、喉を放射線で焼いていたことで味覚細胞が回復しない期間が約3ヶ月ほど続いた。ただ、完全に味覚は戻ってこないので、味覚障害の影響は今も続いていると言える。塩分や香辛料の強いものは、未だに食べることができない。デリケートな風味に対する感覚も、治療前とは程遠い。味覚が戻らないため食べることへの意欲はなかなか湧いてこなかった。体重は40kg台のままだった。

自分でもその変化には驚いたが、筋肉が落ちてどんどんやせ細り、肌にハリがなくなり、見た目も病的な血色が悪い顔色になっていった。その急激な変化には、当然周囲も気付いていく。人はこうして死ぬのだろうか…と自分の青白い顔を見て思った。筋肉が落ちたせいで、足腰を動かす運動機能も鈍くなっていく。室内でトイレに行く距離でさえ辛さを感じた。さらに抗がん剤の影響で腎機能が悪くなっていたため、腎機能回復の薬（血清カリウム抑制剤）を飲んでいたが、便通が滞るようになり便秘薬も必要とした。薬を使っても1日1回の便通はなく、3日に1回という具合で、便秘の辛さを味わった。

治療を終えて3ヶ月過ぎあたりから味覚を感じるようになってくると、体重の減少はようやく止まった。元々62kgあった体重は47kgまで落ちていたが、ようやく食べ物への感覚が戻り始め、食事を摂ることへの抵抗がなくなり始めた。やはり「食」は生きることなのだと感じる。少しずつ味覚が回復することで、「食」への意欲も湧いてくる。生きる力も生まれてくるようだった。

しかし、抗がん剤の影響だろうか、退院後は背中から手足にかけて寒けのような感覚や、しびれに近い症状が起きていた。いくら温めても変わらない寒けは血管が原因なのか…理由は全く分からない。体の幾つかの部位に起こるしびれは今現在も続いている。わずかな投与時間で体内に入れた抗がん剤だったが、治療から5ヶ月経った今もその影響が残っているのかもしれない。人間の治癒力には素晴らしいものがあるが、抗がん剤はそれ以上に強い作用を体に及ぼしていくことを自らの体験で知った。抗がん剤と放射線治療。誰もが耳にしたことがある治療方法だが、体への影響はそれを体験した者にしか分からない苦しさがある。

そんな日々を送る中、私自身が陥った味覚障害に関しては、あらゆる食材や味付け、調理方法を（味が分からないまま）自分の舌で試してきた。そして、今回、自分なりに美味しく感じられたものを味覚障害者、その家族、病院関係者、栄養士の方々の参考になればと思いレシピとして紹介させていただいた。

人それぞれ味覚の違いはあるものの、必ず脳が反応する食べ物があるはずである。たとえがんの治療中であっても、美味しさを感じながら食事ができる喜びを取り戻してほしい。心からそう願っている。

食べることは生きること。食べ物の味を感じなくなった時から、食事は楽しいものではなく苦痛となる。そして次第に生きる意欲まで失われてしまう。複雑な味覚は人間にだけ許された進化の証であり、生きる力に違いないのだ。

著者

元木　伸一（もとき しんいち）

1958年生まれ
映像制作ディレクター／プロデューサー
慶應義塾大学SFC健康情報コンソーシアム「Team BONE」
自動車メーカー、広告代理店を経て映像制作の道を歩む。
広告代理店時代はイベント、CM、VP、映画制作、番組制作を手がける。
映像制作会社設立後、ディレクター／プロデューサーとして、人物ドキュメンタリー、紀行、健康、科学、歴史、バラエティ、報道、教育など多岐に渡る番組を制作。代表作に映画「菜の花宅配便」（つかこうへい原作)、番組「京都もうひとつの歴史」、科学ドキュメンタリー映画「ダイオウイカ大解剖」他。現在は自然と暮らす生き方を模索中。

味覚喪失 ～人は脳で食べている～

2020年10月2日　第1刷発行

著　者　元木伸一
発行人　大杉　剛
発行所　株式会社 風詠社
〒553-0001　大阪市福島区海老江5-2-2
大拓ビル5 - 7階
℡ 06（6136）8657　https://fueisha.com/
発売元　株式会社 星雲社
（共同出版社・流通責任出版社）
〒112-0005　東京都文京区水道1-3-30
℡ 03（3868）3275
装幀　2DAY
印刷・製本　シナノ印刷株式会社

ISBN978-4-434-27837-2 C0077